無敵なマイダーリン♡

JN227796

Story by YUKI HYUUGA
日向唯稀
Illustration by MAYU KASUMI
香住真由

無敵なマイダーリン♡

Story by YUKI HYUUGA
日向唯稀
Illustration by MAYU KASUMI
香住真由

カバー・本文イラスト　香住真由

CONTENTS

世紀末最後のクリスマス――。

僕こと朝倉菜月《あさくらなつき》(16)は、ロンドン郊外にある父さんの実家(古城)で。その敷地内にある由緒《ゆいしょ》ある教会で。最愛のダーリン・早乙女英二《さおとめえいじ》さん(22)のお嫁さんになるために、父さんに手を引かれて深紅《しんく》のバージンロードを歩いていた。

「どうか幸せにおなり、菜月」

「父さん…」

今でもどうしてこんな展開になったのか、首を傾《かし》げる成り行きではある。

でも、祭壇の前で僕を待ち受ける正装姿の英二さんのカッコよさというか、煌《きら》びやかさには眩暈《めまい》がしそうで。僕は慣れないドレスの裾を引きずりながらも、一歩一歩英二さんのもとへと歩いていた。

「菜《な》っちゃん、綺麗《きれい》」

「そうだね、葉月《はづき》。菜月、今までで一番綺麗に見えるね」

「――うん」

そんな僕を、弟の葉月やその恋人である直《なお》先輩は、ため息混じりに見守ってくれた。

「まぁ、なんて愛らしいんでしょう。旦那様も本当に素敵で。ねぇ、あなた。香里《かおり》さん」

「ふむふむ」

「ええ、お義母《かあ》様」

そもそも、こんなとんでもない結婚式をやると言い出した父さん方《がた》のじじいにばばあ…いや、おじい様におばあ様も、ひどく満足そうに微笑《ほほえ》んでくれて。

母さんはちょっぴりだけど微笑に涙を浮かべ、それでも心から「おめでとう」って目をしてくれた。

「可愛《かわい》いわ。綺麗だわ。菜月ちゃんっっっ」

「本当、もう英二にはもったいないぐらいよね、ママ。でも、菜っちゃんの双子の弟もママも、そろって目茶苦茶可愛いわよっ!! 特にママっ!! あれで二児のママだなんて、しかも現在妊婦だなんて犯罪的よ!! おまけにパパやパパのご家族はキランキランな英国人だし。本当に菜っ葉《なば》ちゃん家ってお伽《とぎ》の国の一家だったのね!!」

「そうねそうね、素敵ね帝子《ていこ》♡」

そしてそれは、英二さんのママさんやお姉さんの帝子さんも同じで。

「まさに、馬子《まご》にも衣装だな」

「お前の腕がいいからな、珠莉《じゅり》」

「――――…皇一《こういち》」

お兄さんの皇一さんや、その恋人の珠莉さんも同じで。

「英二ぃ、英二ぃ♡ 似合うぞ英二ぃ～♡」

「いい加減にしろって、雄二《ゆうじ》」

英二さんとの不仲が解消されると一気にブラコンを現した、今や僕のライバル!? みたいな弟の雄二さんやパパさんも同じで。

「アパレルはフォーマル界のプレジデント・SOCIAL《ソシアル》の御曹司《おんぞうし》と、貿易商としては中世の時代から世界に名を馳《は》せるコールマン家の姫君との婚姻か…。これは、迎えくる新世紀のアパレル業界には、一旋風《ひとせんぷう》起こるかもしれないな」

「そうね。なんせ、そのコールマン家とはゆかりの家柄にあって、繊維産業界では老舗《しにせ》の我《わ》がローレンス家の次期当主が、そのSOCIALの御曹司相手に何やら画策《かくさく》してるみたいだしね。今後が楽しみだわ。いろいろと――――」

「そうだといいけどね、ママ」

父方の従兄弟《いとこ》のウィルも叔母《おば》様夫婦もみんな同じで。

そこに集《つど》った人たちすべてが、本当に英二さんと僕の結婚式を、心から温かく見守り、そして祝福してくれた。

「英二くん。私の大切な菜月だ。どうか幸せにしておくれ」

「――――承知しました」

でも、それでも。そんな中でもやっぱり父さんだけは特別で。英二さんもそれは一番わかって

るって感じで。

英二さんは父さんに引かれていた僕の手を預かると、ギュッと握りしめながらも父さんに向かって、「俺の命に代えても」って言って微笑《ほほえ》んでくれた。

『英二さん』

そのあと僕らは、神様や神父様や参列したみんなの前で、永遠の愛を誓《ちか》った。

一体いつそんなのまで用意したの!?　っていう指輪の交換もした。

誓いの口づけもした。

けど、どんなに体がフワフワとしちゃうようなセレモニーが続いても、英二さんが口にした言葉以上に僕の心を溶かすものはなかった。

〝承知しました。俺の命に代えても――――〟

英二さんが口にしたたった一言と、これまでで一番頼もしい、男らしい、凛々《りり》しいって感じる笑顔に、敵《かな》うものなど何もなかった。

1

挙式のあとに開かれたクリスマスパーティー（っていうよりほとんど披露宴!?）は、まるでお伽話の舞踏会ってこんなふうなのかな？　って思うような、豪華絢爛《ごうかけんらん》なパーティーだった――。


「いやいや、それにしてもコールマンさん。立派な息子さんが帰ってきて、めでたいことですな。しかも、あんなに可愛らしい奥方や、お孫さんまで連れて。コールマン家も、これで安泰《あんたい》ですな」

「――そうだといいんだが」

「またまた、そんなご謙遜《けんそん》を」

そうじゃなくとも一般家庭で育った僕にとっては、〝お城でパーティー〟っていうだけで目もくらむようなことなのに。それは目がくらむどころか、キラキラしすぎて「何がなんだかわからないよっ!!」みたいな世界になっていた。

「今夜はお招きありがとうございます。コールマン夫人」

「まぁ、市長婦人。お忙しいところ、わざわざありがとうございます。今主人を…と、まぁ。すでに市長さんとお話中ですわね」

「ええ。そうなんですのよ。あ、よろしかったら、私にはお嫁さんとお孫さんをご紹介くださいな。

たしかお嫁さんは日本の方でしたわよね。とても可愛らしい…。まるでお人形さんのようなお嫁さんで。お孫さんたちも硝子《ガラス》ケースに入れてしまいたいくらいですわね」

「ありがとうございます」

ほら、なんせ。息子（父さんも母さんと、改めて結婚式をやったから♡）と孫のW披露宴に世紀末のクリスマスが重なったもんだから、おじい様やおばあ様が、それはそれは頑張《がんば》って支度《したく》してしまったから。この手のパーティーは慣れっこなんだろうな…って思うようなウィル（なんていっても伯爵家の跡取り息子だ）でさえ、「英国王室だってもう少し、控えめにやると思うよ」って苦笑しちゃうような内容だったから。

もちろん、そんな所を比較対象にされたって、そもそも想像がつくはずないじゃん…って感じだったんだけどね。

「――それにしても、なんて華《はな》やかなんでしょう」

「本当に…華美《かび》なご一家ですこと。神秘というか、なんというか」

でも、僕にとって何が一番豪華っていえば、それはお城の造りや装飾された空間そのものではなかった。

並べられたお料理や、いたるところを埋め尽くしている大輪の花々でもなかった。

「たしか日本の方で、ＳＯＣＩＡＬというお洋服をお作りになってるご一家ですわよ」

そう。そうそう♡

それは、こんな綺羅《きら》な空間にいてさえ、際立《きわだ》って目立つ人たちの存在にならなかった。

それこそ、「みんなもっと言って〜♡」「もっと褒《ほ》めて〜♡」ってぐらい、注目を集めた早乙女一家に他ならなかったんだ。

「SOCIAL!? SOCIALって、あのフォーマルブランドで有名なSOCIALですの？」

「ええ。コレクションを拝見したことがあるので、間違いないですわ。旦那様はデザイナー兼社長。奥様は元スーパーモデル。ご長男にご長女、そして末の息子さんがデザイナーで、間のご次男様は現役モデルで重役。家内工業中心で、とても素敵で質のいい逸品《いっぴん》を丁寧《ていねい》に作ってくれるとうちの主人も気に入っておりますのよ」

多分、周りがキラキラ（そりゃ、招待客のほとんどは地元民…イコール英国人だからね）している分だけ、黒髪や黒い瞳がよけいに目につく存在になったんだとは思うけど。それを計算しつくして統一された家族おそろいの漆黒フォーマルが合わさって、本当にオリエンタルムードがいっぱいで、一人一人の華美さがいっそうのものになっていたんだ。

「まぁ、どうりで…。お話には聞いたことがありますけど、本当に華やかさが違うはずですわね。まるで漆黒の薔薇《ばら》でも見るような立ち姿ですものね。特に奥様にご次男様は」

そして、その中でも「きゃー♡」って感じなのは、身内の贔屓目《ひいきめ》抜きにしてもママさんの妖艶《ようえん》さ漂う、タイトなセクシードレス姿だった。モデル時代に「デザイナー殺し」と呼ばれた過去があるって聞いたけど、うんうんたしかに納得しちゃう!! って感じで。未《いま》だに努力と根性で、極限まで体形を維持しているという事実は伊達《だて》ではない。本当に皇一さん（三十二歳!!）という息子さんのお母さんなの!?　ってぐらいのナイスバディは、同世代の世の奥様たちから、羨望《せんぼう》のまなざしを一身に受けていた。

もちろん！　そんなママさんをさりげなくエスコートしている英二さんの、ワイルド&セクシーさも言葉じゃ言い尽くせないほどブラボー!!　だった。婚礼衣装の白も素敵だったけど、漆黒を纏《まと》う英二さんはさらに肉体もムードも締まって見えて、迫力と精悍《せいかん》さがグレードアップするから♡

「見目麗《うるわ》しいわ」

「ええ。でも、他のご家族の方も、本当に長身な方ばかりで…。自然に目がいってしまうわね」

なのに、それなのに。

これだけでもため息の嵐なのに、一緒にいる皇一さんは優麗《ゆうれい》な紳士で、雄二さんはどこか清艶《せいえん》な紳士を演出してた。

帝子さんは帝子さんで艶《あで》やかなんだけど控えめさも持ち合わせた、気合いが入りまくりの振袖姿の大和撫子《やまとなでしこ》で。

家族を纏めるパパさんにいたっては、いかにも早乙女家のドン！　って感じな貫禄《かんろく》あるナイス・ガイ仕上がりで。もう、一まとめにするとため息しか出てこないぐらい、圧巻《あっかん》なんだ♡

「でも、あの方は男の方なのかしら？」

「え？　男装の麗人《れいじん》ではないのかい!?」

「なんだかとても不思議な魅力の方ね。お話したいわ」

「――――本当に、そうだね」

しかも、そんなゴージャスな中にいてなお目立つ珠莉さんは、未だに寝不足が解消できてないらしくてものすごーく不機嫌をまきちらかしているんだけど。それがどうしてか持ち前の妖美《ようび》さみたいなものを増すことになって、男の人からも女の人からも「♡マーク」を飛ばされまくる結果になっていた。

「菜月！」

「菜月ちゃん♡」

「はーい」

――――って、ここまでくれば。いや、ここまで揃《そろ》えば。こんな家族にお嫁入りした（？）僕が、優越感で舞い上がらないわけがない。

「ねぇねぇ菜月ちゃん。帝子、菜月ちゃんのパパやママや葉月ちゃん、それから葉月ちゃんの恋人さんとも仲よしさんになりたいわ♡」

「あ、ずるいわよ、帝子!!　ママだって菜月ちゃんのご家族と仲よしさんになりたいのよ!!　こっちにきてから婚礼衣装作りに追われていて、まともにご挨拶《あいさつ》したのもお式の前が初めてだし。改めてお話したいわ」

「じゃあ呼んできましょうか!?」

「本当♡」

別に自分が騒がれているわけじゃないのはわかっているけど。自分が騒いじゃうような人の中で、こんなに大切にされてる♡　って実感できることに、浮かれまくらないわけがない!!

「あら、あの方は…コールマン氏の」

「孫娘さんね。お嫁入りなさった」

「まあまあ、なんて愛らしい。それにしてもご両家そろって、本当に華々しいこと…」

もう、幸せすぎて怖い!!　って、何度思ったことだろう。でも、それぐらい幸せで幸せで仕方がないんだから、仕方がない。

「菜月、そういやさっきじじいがさ、俺にこっそり言ってきたぜ。この際《さい》だから早く曾孫《ひまご》を見せてくれって」

「――――は!?」

それこそ英二さんが、相変わらずなんだから…って思うような、ヘンテコリンなことを言い出しても。

「んな馬鹿な!!　とは言えなかったら、〝では、そのように努力だけはしましょう♡〟って言っておいたからな。ついでに曾孫が見たけりゃ、ばばあともどもせいぜい長生きしろって」

「英二さん…」

その努力って、一体どういう努力なの?

「ってことだから、こんなかったるいパーティーは早々に退散して、曾孫作りに励《はげ》もうぜ♡」

結局それって、「これからもいっぱいエッチしような♡」ってことじゃんよ…って、やれやれなことを言い出しても。

「なっ、奥さん♡」

「英二さん…」

僕はパーティーの間中、ドレス姿の不自由さも忘れ、浮かれに浮かれまくってしまった。


そしてその後迎えた初夜（一応？）でも――――。


「愛してるぜ、菜月」

「英二さん…大好き」

僕はおじい様とおばあ様が用意してくれたゲストルーム（古《いにしえ》の城の貴賓《きひん》室は、やっぱり目もくらむようなお部屋だった）までくると、なおさら天にも昇《のぼ》る気持ちだった。

特に英二さんが「これは初夜のお約束だな♡」とか言って、部屋の入り口からベッドルームまで抱き上げて運んでくれたもんだから。

「――英二さん」

わずらわしく思えていたドレス姿でさえ、今宵《こよい》を演出するための、最高の逸品のようにさえ思えてきた。

「窮屈《きゅうくつ》だっただろう!?　半日とはいえこんなもん着せられて」

「英二さん…」

だって、英二さんが一歩一歩歩くたびにフンワリと揺れたドレスの裾は、僕を本当のお姫様みたいに見せてくれて、何より英二さんを見たことないぐらい紳士な王子様♡　に見せてくれたんだ。

「今、楽にしてやっからな」

「――――んっ、っ」

一歩違えば倒錯《とうさく》的かも。これってやっぱりただのコスプレ!?　とは思っても。視覚から入る世界観やムードって、やっぱり絶大なものを持ってた。

いつか鳥取のホテルで「英二さんがアラビアン装束でアラビアンナイト♡」なんていうのもやったけど、羞恥《しゅうち》心と常識をちょっと（あくまでもちょっとね!!）捨てれば、こんな素敵で多種多様の英二さんが見れるんだもん。これは悪くないかも♡　って感じだった。

「ってゆーか、今もとの菜月に戻してやっからな♡」

「あっ…、んっ」

それに、悪いどころか、よかったし嬉しかったかな？　って思ったのは、こんなカッコをしたためか、逆に英二さんの気持ちの中に「菜月は男の子」って気持ちが強まったこと。

絶対的になったことだった。

「本当の菜月の姿に」

「英二…さっ…ん」

僕がいきがかりとはいえ、おじい様とおばあ様の前では、女の子として振る舞わなきゃならなくなったことには「なんだかなもぉ!!」って感じだったけど。でも、そのおかげで僕は、英二さんから一番嬉しい言葉と気持ちを貰うことができたんだ。

「俺が一番惚れこんだ、生まれたままの菜月の姿に――」

「英二さん…」

そう――ありのままの菜月でいい。このままの菜月でいいって。

何一つ偽《いつわ》ることなく。何一つ飾り立てることなく。

そういう菜月でいいって。英二さんが大好き!! っていう菜月でいいって。

「な、ダーリン♡」

「――ん。ダーリン♡」

俺はそういう菜月だから好きなんだって。ずっと大切にしたいんだ。一緒にいたいんだ…って。

それは今の僕にとっては、きっと何ものにも代えられないほど嬉しい! って思える、英二さんの気持ちだから。

愛情であり、そして言葉だから。

「愛してる、菜月――」

「んっ、あっ…英二さん」

僕はそういう優しくて愛《いと》しい想いに包まれて、その夜は英二さんと抱き合った。

生まれたままの姿でキスをして。生まれたままの体で触れ合って。

「ぁっ、英二さっ…、英二さっ…ん」

そして生まれたままの肉体を、互いに心ゆくまで感じ合って。

「つ――、英二っ、さんっ…。英二ぃっ――――‼」

一生に一度の聖なる夜を、かけがえのない同じ時《とき》を、僕らは一つになって過ごした。


ただ、そんな一夜が明けると、英二さんは僕を抱きしめながらいつになくクスクスと笑い、今までに一度も言ったことがなかったことを口にした。

「なぁ、菜月。お前自分で気づいてる⁉」

「――ん？　何を？」

「もうあとがないほどイクって瞬間に、俺のこと〝英二〟って呼び捨てにしてるの。それこそ、最初にセックスしたときから呼んでるの」

「へ⁉　ええ⁉　僕が英二さんのこと呼び捨てにしてる⁉　そんなこと口にしてるの⁉　うわっ⁉　ごめんなさいっっっ⁉」

僕にとっては「年上の人になんて失礼な‼」「これは大失態だ‼」って、思わずベッドで正座して謝っちゃうようなことを、どうしてか極上な笑顔で口にした。

「馬鹿、謝るなよ。俺は謝ってほしいからバラしたわけじゃねぇよ。けっこう気持ちがいいんだぜって、教えたかったからバラしたんだ」

「――――気持ちいい？」

「ああ。お前が俺を呼び捨てにするときの声っていうか口調がさ、なんか色気が増すっていうか。独占欲が露《あらわ》になるっていうか。より近《ちか》しい感じになるっていうかでさ。だからなぁ菜月、いっそこれからはよ、今の〝さん〟づけやめねぇ？」

それどころか、僕には「そうなの？」「そういうものなの？」としか思えないことを。ただただひたすらに「何が違うのかな？」としか思えないことを。僕の唇に指を這《は》わせながら、要求してきた。

「――――へ？」

「いつも英二って、呼び捨てにしてみねぇか？　ん？　どうよ」

その唇で「英二」って、呼んでみなって催促《さいそく》してきた。

「言ってみな」

求めてきた。

「えっ…、えい…じ」

けど、それに応じた瞬間、僕の胸はどうしてか「今さら何ごとっ!?」ってぐらい、ドキンってした。

頬なんかカーッて真っ赤になっちゃうし。

英二さん相手になんか「タメ口」利《き》くみたいでビクビク、ハラハラしちゃうし。

「もう一度、ほら」

「えっ、えっ、えい…」

どうして、呼び名一つでこんなに意識しちゃうんだろう!?

裸エプロンさせられるより、恥ずかしいよ!! とか感じちゃうんだろう!? って状態になった。

「えい、だめっ!! 言えない!! やっぱり英二さんがいいよ!! 英二さんがおちつくっ!!」

僕は顔をプルプルと左右に振りながらも、英二さんに「それは無理!!」「ごっこ遊びよりだめ!!」

「エロ台詞より言えない!!」って言った。

普通に考えたら、「して」「いれて」「もっとぉ」なんて言葉より、絶対になんでもない言葉だと思うのに。

どうしてか僕にとっては、その場の欲情に流されて言ってしまった言葉の数々より、面と向かった呼び捨てのほうが、緊張するし恥ずかしいし、なんだか大変なことのように感じられたんだ。

「ちえっ、残念。俺からすれば〝ダーリン〟呼びのほうが、数倍恥ずかしいと思うんだけどな〜」

「えーっ!? だって、それはきっと慣れだよ、慣れ!!」

ただ、そんな僕に対して、英二さんはだからといって、特に無理強《じ》いはしなかった。

「慣れねぇ。まぁいっか。そのうち気がついたら呼び捨てどころか、お前とかテメェとか言われてるかもしれないしな♡」

　できない、呼べないと言ったことに対しても、特別に機嫌を損ねることもなかった。むしろ「やっぱ無理か」ぐらいな顔をして。最初から「だろうとは思ってたんだ」って顔をして。ずっと笑っていたから。

「えっ、ええ!?　そんな葉月じゃあるまいし!!　僕はそういうこと言わないよ!!　ずっーと敬愛を込めて、英二さんって呼んでるよ!!」

　だから僕は、いきなりこんなことを切り出して。

　今さら呼び方を変える変えないってことを言い出した英二さんが、実際どういう気持ちだったのかは、全《まった》くわからなかった。

「んじゃ、菜月からのアレを聞くには、やっぱ攻め倒すっきゃねぇんだな♡」

「えっ、英二さんっ!!」

　っていうか、このときそもそも英二さん自身に、僕が深読みするような気持ちや意味があったのかどうかさえも、わからないことだったけど。

『きっと、一度からかいたかっただけなんだろうけどさ』

　ただ、僕は自分では全然気づいてなかったし、意識もしてなかったことを言われたためか、その後もしばらくは心の中で思い出しては、「英二…、か」って呟き、その響きの恥ずかしさというかなんというかから、一人で馬鹿みたいにのた打ち回っていた。

「どうしたの菜っちゃん？　顔がにやけっぱなしだよ？　すでに新婚何ヵ月のくせして、結婚式なんかしたたから、またまた新婚気分に戻っちゃったの!?」

「なっ、なんでもないよっ!!　そんなじゃないって!!」

それこそ、ロンドン滞在中は葉月にさんざん突っこまれても。

「英二さん、菜月は一体どうしたんですか？　なんでずっと一人で百面相をやってるんです？」

「――――さっ、さぁな？」

日本に帰る機内の中では、直先輩にまで不審に思われるはめになっても。

『英二…。英二…かぁ～。きゃっ!!　なんか珠莉さんが皇一さんを呼んでるみたい♡』

なんだか、たった一言のことなのに、とてつもなく二人の関係が変わるような感じがして。

今より数段アダルトチックなムードが漂う気がして。

『でも、ああは言ったけど。僕にもいつか、英二さんのことをそんなふうに呼ぶ日がくるのかな？

何年かたったら、そういう日がくることもあるのかな？』

〝英二、ちょっといい？〟

〝おう！　なんだ菜月？〟

『うわーっっっ!!　だめだっ!!　やっぱり超恥ずかしいし、照れくさーいっ!!　全然イメージできないよーっ!!』

まだまだ今の僕には不似合いな気がして。

とっても背伸びな気がして。

しばらくは想像というか妄想だけのことだな…なんて思いながらも、十日間にわたったイギリス旅行から帰国を果たした。

2

世紀末の残りの数日をイギリスで過ごしてから、僕らは大晦日《おおみそか》に日本へと帰国した。

「菜月…、よかったか？」

「んっ…っ、ぁっ。うん…」

僕はミレニアムな聖夜に続いて、百年に一度の年越しを、時代が変わり行く瞬間を、最愛の英二さんの腕の中で過ごした。

「いい。すごくよくて、気持ちよかった。英二さんの肌が、唇が、どんなものより僕には気持ちいいみたい」

ラブラブなのもいい加減にしろよ!! って、自分ごとながら思っちゃうけど。その日は頬にも唇にも胸にも。お腹にも腿《もも》にも足にも。それこそ体中にキスをされて、これまでで一番優しいかもって思うような愛情溢《あふ》れる愛撫の中で、僕は百年に一度の夜を明かした。

「そうか？」

「ん。こればっかりはね。どんなに有名なブランドの服でも、高級ホテルのベッドでも、敵わないみたいだよ。英二さんより気持ちいい存在は、僕にはどこにもないみたい」

それこそ昨夜の大晦日には、帰国早々にＳＯＣＩＡＬ主催の年越し大パーティーなんていうのに参加することになって、これはしばらくおちつくなんてことはないのかな？　なんて思ってたんだけど。

この年越しだけは大勢でにぎやかに過ごすのではなく、菜月と二人きりで過ごしたいんだ。どうせなら嵌《は》めっぱなしで年越ししたいんだ♡（って!!　もう少し、言い方どうにかしようよ。もぅ、英二さんなんだから！）って希望した英二さんが、急遽《きゅうきょ》パーティー会場となっていたホテル・マンデリン東京でロイヤル・スイートを取ってくれたから、こういう素敵なというか、なんともまぁな運びになった。

「本当だよ、英二さん…」

「――菜月」

けど、どんなに他人が見たら目もあてられないような光景でも、僕には言い尽くせないぐらいの幸せ気分で。心地よいまでに新しい年を、迎えることができた。

もちろん、僕ばっかりがそんな幸せ気分を味わうのは申しわけないし、英二さんには僕の何十倍も幸せ気分を感じてほしかったから、僕は僕の想いのすべてを言葉に表した。

「英二さんに出会ってから、英二さんに恋してから、まだ一年もたってないなんて嘘みたい。もうずっと昔から、それこそ生まれる前から、一緒にいるみたいなのに」

「そう言われると、そうだな。なんか、すげぇ不思議だな」

「英二さん、好き。大好き。これからもずっと傍《そば》に置いてね。ずっと僕のこと、好きでいてね…」

「ああ。もちろんだ」

行動でも表した。

「んっ、――菜月っ」

僕は腕枕をしてくれていた英二さんに自分から覆《おお》いかぶさると、その頬にチュッ♡　唇にもチュッ♡　ってした。

「――んっ、っ…」

そしてそのまま深々と唇を合わせると、自ら舌を絡めて、英二さんの唇を貪《むさぼ》った。

いつもより深いキスを、僕から求め、また与えた。

「英二さん…んっ」

「――菜月」

だって、好きだからキスしたいの。抱きしめたいの。体中で感じたいの――っていう気持ちは、膨《ふく》れ上がるとどうにもならなかったから。

「大好き、英二さん…」

その言葉、一体何百回口にしたら気がすむの!?　って、自分でも思うけど。

その唇、何千回交わしたら満足なの!?　って、気もするけど。

「英二さぁんっ…」

そんなの、無限大だからわからない。

計りきれないし限度もないから、きっと永遠にわからないよ――って感じで。

「英二さん」

僕は今ある愛情のすべてで、英二さんのことを力の限り抱きしめた。

他に表現の仕方も説明の仕方もないのが、自分でも情けないやら悔しいやらなんだけど。

それでもこれが今の僕にとっては、精一杯だから。ありったけだから。僕は英二さんの唇に自分の唇を押し当てると、何度も角度を変えながら、愛撫《あいぶ》するようにキスをした。

「――菜月、こい」

すると英二さんは、覆いかぶさっていた僕の腰のあたりに手を伸ばすと、そのまま撫でるように双丘へ、両足の腿へと這わせてきた。

「あっ…」

そのあたりは触れられるだけで、僕のモノはピクンって反応してしまう場所なのに。そうじゃなくても素っ裸なのに。それこそさっき終わったばっかりなのに？　って状態なのに。

「このまま、こい――」

英二さんは僕の内心も肉体も、そのすべてを見透かしたように僕の両脚を掴《つか》んで割ると、自分の体をひょいと跨《また》がせ、下肢《かし》に下肢をピタリと合わさせた。

「あっ、ちょっ…英二さん」

僕のお尻をガッチリと掴むと、ゆさゆさと揺すりながら下からもグイグイ突き上げてきた。

「やっんっ、ぁっんっ!!」

力強く逞《たくま》しい英二さん自身で僕のモノを擦《こす》り上げると、僕はあっというまに勃起《ぼっき》させられた。

僕の体中を熱く火照《ほて》らせ、そしてビリビリとしびれさせた。

「ほら、ここからは菜月から擦りつけてこいよ。菜月だって雄《おす》は雄なんだから、自分から腰振りたいって本能はあるだろう?」

すでに何度も交わったその部分は、互いが放った白濁でねっとりとしていて、擦り合わせるとちょっぴりだけど、いやらしい音がした。

「え、え!?」

「ほら、いいからよ。自分が気持ちいいように腰振ってみろって。さすがに勢い余って入れたくなったっていうのは勘弁だけど。菜月が満足するまで、肉欲のままに、思いきって体を動かしてみろよ」

なのに英二さんは、それが楽しいというか、嬉しいという顔をして。僕の腰を前後に揺さぶるように誘導してきた。

まるで、僕が英二さんをどうにかしてるような動きを強制してきてた。

「英二さん…!?」

「ほら、こうして…」

「あっん、んっ…!!」

英二さんのに比べたら、めいっぱい勃起してても大人と子供ぐらい違う僕のモノが、すりすりというかヌチャヌチャっていうか、とにかく芯に芯が絡むようにして擦れ合う。

その弾みで双玉《たま》に双玉までもがぶつかり合って、なんともいえない感触というか感覚に、僕はとめどなく変な気分になってきた。

『こっ、これってなんか、普通に英二さんの上で乱れちゃうより、いやらしいんじゃないの!?』

うん。本当、変――――。

英二さんの強引さというかノリに慣らされたせいか、騎乗位って呼ばれる体位でしちゃうとか、揺れちゃうことには違和感を感じないんだけど。僕は自分が自分でイクために体を揺らすっていうか、いや…腰を振るっていうのが。本来ならそれが僕の性のはずなのに、変とか妙に感じるんだ。

「やっん、ぁはっ…」

これって僕が、すでに英二さんに性さえ変えられてるってことなのかな?

それともやっぱり、いつも嵌まってるものがないから物足りないの!?

それとも、それとも――――!?

「あっ、はぁはぁっんっ」

けど、そんな変とか妙な感覚は、しばらく腰を振り続けると、僕の意識の中からは綺麗さっぱりと消えていた。

『何!? なんだろう!? この感覚…』

英二さんの誘導に身を任せて腰を振るうちに、僕の中にはなんだか新たな快感のようなものが沸き起こったんだ。

「あんっ」

そしてその快感を強めるために、僕はもっと刺激が欲しくて、ますます激しく腰を振って。そのあとにくるだろう絶頂を求めて、果敢《かかん》に腰を揺さぶり英二さんのモノに自分のモノを擦りつけ続けたんだ。

『――わかんないっ。わかんないけど…、イク。イッちゃう…?』

ただ、気分が高揚しているわりには、最後の最後で僕はなかなか達しなかった。

『ううん、イケない…。やっぱりこれじゃ、足りない』

どれ程腰を動かしても。まるで英二さんを犯すような勢いで体を揺すっても。出会い頭《がしら》から三点同時攻めなんてものを食らって。しかもそれにすっかり慣らされて味を占めてしまっている僕の肉体は、やっぱりココだけで刺激を感じても、上り詰めるまでの快感は得られないみたいだった。

「――英二さんっ、英二さんっ」

僕は喘《あえ》ぎながらも「コレじゃだめみたい」って声を漏らした。

「なんだ、やっぱりここも欲しいってか!?」

英二さんは僕の様子から状況を把握すると、腰の動きを煽っていた利き手をお尻に回し、僕の蜜部に中指をズブリと潜りこませてきた。

「――――ぁっ!!」

とたんに、僕の中の快感が大きくなる。

「ほら、ここは俺が弄《いじ》っててやるから、このまま揺すってイッてみな」

英二さんの指が、僕の中をまさぐりながらも腰の動きを激しくする。

それに合わせて僕のモノは、痛いほど英二さんのモノと擦り上がって、先端から白濁がにじみ出《で》だした。

「そう、いいぞ菜月。そら、もう少しだろう!?」

「あっ、んっ…ああっ!!」

指先で奥の奥を突かれると、僕はとうとう上り詰めて、絶頂の証が噴出した。

英二さんのモノにもお腹にもかけちゃって。肩で息をしながらも、そのまま身を崩して英二さんの胸に顔をうずめた。

「はぁはぁはぁ…」

こうやって自力で頑張ってみると、僕はつくづく実感した。

自分からするエッチって、じつはかなり肉体労働かも…。

こんなの二度も三度も続けてできるだなんて、それこそ一晩中でもできるだなんて。英二さんって、やっぱり絶倫かも。さすがケダモノかも…って。

「ふっ。可愛いな、菜月は。まるで子犬ができもしない交尾を必死にしてるみたいで」

なのに、僕がこんなに力尽きてまで、英二さんに敬服してるっていうのに。英二さんってばぐったりした僕の体を抱きしめると、とんでもないことを言い放った。

「――――は!?　子犬の交尾!?」

「ものの例えだよ。いやな、ふと…もしも菜月が俺と出会ってなくって、しかも普通の人生歩んでて、どっかの女とできててこういうことになってたら、一体どういうふうになってたのかな～って頭によぎったからよ、ストレートにやってみせてもらったんだ。どんな顔して腰振るんだか、この目で確かめたかったから♡」

それどころか、爆笑か、噴き出す手前って顔して、クスクスと笑った。

「え!?　ええ!?」

そりゃ、今さら自分が女の子とどうこうなんて考えられないし、そもそも英二さん以外の誰かとなんてことも考えられない。

けど、だからって、その言い方はないんじゃないの!?　それって僕のこと女の子より頼りないって意味!?　ってことを意地悪そうに言うと、英二さんは僕の体と自分の体を入れ替えて、改めて僕に覆いかぶさり入りこんでこようとした。

「えっ、英二さんっっ!!　それどういう意味だよっ!!」

「ん？　意味か？　そりゃ結論として、菜月は絶対に俺の嫁さんで正解だよ♡　俺が言うのもなんだけど、お前より可愛い顔して組み敷かれる女なんて、喘げる女なんて、きっとどこにもいねぇから。よかったな、菜月♡　俺のようなダーリンにめぐり合えて、ってことだよ」

「なつ、ひどいっ!!　あんっ!!」

いや、抗議するより早く足を開かれ、僕はいきなり奥まで貫《つらぬ》かれた。

どうやら英二さんは、僕が必死に擦りつけたぐらいじゃ、上り詰めることはしなかったんだ。

そのせいか、半端に熱く高ぶっていた肉棒が、待ちかねたように一気に僕の中に食いこんできた。

「んっぁっ、んっっ!!」

僕はたった今イッたばかりだというのに、熱い楔《くさび》を打ちこまれると、快感の声をあげた。

「どうもこうもねぇの。菜月が一番可愛いって言ってるだけだよ！」

「えっ、英二さんっ!!　あんっ!!」

これだから、言いたい放題言われちゃうのに!!　ってことは、わかっているのに。

英二さんのペースに慣らされすぎた僕の肉体は、それでもあからさまなぐらい「自分で頑張るよりこっちがいい♡」って反応示しちゃって。僕は英二さんに肉体を突かれて抉《えぐ》られるたびに、文句より何より快感の声が漏れた。

「やっぁ、んっ…っんっ!!」

「可愛いうえに頼もしくって、本当に俺は幸せなダーリンだって言ってるだけだよ」

そりゃ、それで英二さんが「自分は幸せだ」って言うなら、まぁいいけどって思うけど。

「本当に、出会ったときから一日一日逞しくなって。こんなに俺を潤《うる》おしてくれて。失《な》くしていたものを取り戻してくれて」

それどころか、もしかして僕に感謝してくれてるの!?

これまでの日々のこと。ロンドンでの家族会議のこと。何より雄二さんとの仲直りのこと。

そう思ったら、それなら僕は一分前の暴言も、きれいさっぱり忘れてあげてもいいけどさって気持ちになったけど。

「本当に、サンキュウな――――菜月」

『英二さん…』

子犬の交尾とか言われちゃったけど。もしかしてそれって、男失格とか言いたいの!? みたいなことも言われちゃったけど。

それでもそういう僕の姿が「可愛かった」って言ってくれたことだけを耳に残して。

英二さんが見たがったり、させたがったりするから、僕はこんな恥ずかしいことだってしちゃうんだよ! ってことにして。

「――――そう思うなら、一生大事にしてよね、英二さん! 僕、英二さんのおかげでこんなふうになっちゃったんだから。英二さんなしではいられない、そういう僕になっちゃったんだから!!」

僕は自分から英二さんに抱きつくと、漲《みなぎ》るばかりの肉塊を、身を焦がすほど熱くなるばかりの肉塊を、この身で受け止められる限りに受け止めてしまった。

「ああ。わかったよっ♡」

英二さんはそんな僕を容赦なく突き上げると、上り詰める瞬間にクスリと笑い、最高にセクシーな笑みを浮かべた。

お前の中が気持ちいい。菜月の中が一番いいって顔をして。

僕の中に英二さんの激情のすべて打ちつけて、満足そうに新年の朝を迎えた。

ただし――――。

勢いからとはいえ、結婚式から新婚旅行（一応世間ではそう見ているらしい）までやってしまった僕や英二さんのラブラブな冬休みが、ただ幸せなばかりに過ぎたかといえばそうじゃなかった。

「で、だから!!　どうしてお前らはそろいもそろって宿題の存在をそんなに見事に忘れるんだ!!　明日までに終わるのか、この量は!?」

「そういう言い方すんなよ!!　ずっとイギリスに行ってて、それどころじゃなかったんだから!!　これでもこの宿題、持って行くには行ったんだからね!!　ただ、荷物の中から出すひまも余裕もないまま帰ってきただけで、全く忘れてたわけじゃないんだからっ!!」

「はっ、葉月ぃ～。だから逆ギレはだめだってぇ～。僕らが悪いのはたしかなんだから～っ」

僕らの冬休みの終わりは、どうやら夏休みのとき同様、全く手をつけてなかった宿題の山に泣かされることになった。

また英二さんを巻きこむか!?　ってことになった。

「そんじゃあ、帰ってきてから今日までの一週間は何をしてたんだ!?　ん？」

しかも、今回は葉月まで加わって。しかもそろって同じ醜態《しゅうたい》を晒《さら》したもんだから、英二さんは二人分の通知表の保護者欄に判子《はんこ》をつきながらも、「お前らはっっっ」って半泣き顔で、マジに頭を抱えてしまった。

「それは…、それはその。直先輩とデートしてたから」

特に葉月が開き直っちゃって、山のようにあった宿題（どうして冬にまでこんなに出すのさ!!）を前にしても英二さんに楯突《たてつ》くもんだから…。

「デートだ!?　宿題もやらずにか!?　お前ら学生だろうが、デートの前に勉強しろよ!!　まさか直《なお》也《や》まで宿題やってないなんて言うんじゃないだろうな!?　たしかあいつは学園長の息子なんだろう!?　生徒会長やってんだろう!?　そんなんじゃ世間に示しがつかなくなるだろうが!!」

とうとう僕らにお説教するだけじゃなく、直先輩の心配までするはめになってしまった。

『英二さん、性格とはいえ気の毒に…』

とはいえ、まぁ、それでも。葉月のほうの通知表は、非の打ち所がないオール5ってやつだし、二学期末のテストも学年じゃトップだったから、お説教だけですんでるのが現状だった。

こうやってガーとやり合ってはいるものの、それはこの二人がある程度同じようなハイレベルな学力の上でやり合ってるから、成り立っているというものだった。

「なつ、直先輩は向こうに行ってる間もこっちに戻ってきてからもちゃんとやってたよ！　それが宿題なのか自習なのかは知らないけど。とにかく怪我《けが》で学校休んだ分を取り戻さなきゃ。未来のためにも今のうちに、出来《でき》る勉強はしておかなきゃ！　って言って、僕と一緒のときでも必ず毎日机に向かってたよ!!」

「んじゃ、なんでお前は一緒にやらなかったんだよ。一緒にやってたら、少なくとも宿題ぐらいは終わってるだろうに!!」

いや、もしかしたら英二さんとしては、僕の相変わらず神業《かみわざ》的なアヒルの行列に目を向けたくなくて、葉月とばっかりやり合ってるのかもしれないけど。

「それは、……疲れて、いつもぐったりしてたから」

「あ!?　なんだって!?」

「だから、会うといつもエッチしちゃうから疲れちゃって、毎回毎回ベッドから出てこれなかったんだよ!!　いちいち聞くなよ、恥ずかしいなっ!!　お前だってそういうオチで、菜っちゃんの宿題時間を阻《はば》んだんだろう!!　人間どんなに頑張っても、一日二十四時間しかないんだから!!　これまでになかったことに時間を取られるってことは、必ずやってたはずの何かができなくなる、それなりの代償があるってことなんだよ!!　それがたまたま宿題の時間だっただけだろう!?　そういう意味では宿題忘れさせた共犯者のくせして、保護者面してガミガミガミガミ怒るなよ!!　先生に言うぞ、本当のことを!!」

「————ぅっ!!」

やり合ったあげくに痛いところ（?）を突かれて、反論の余地もなくなっちゃったのかもしれないけど。

『葉月、それは言ったらおしまいなんだって…』

「とにかく!! それでも前の菜っちゃんのときみたいに、始業式の当日に思い出したってよりはマシだろう!? 前の晩に思い出しただけでも少しは褒めろよ!! 一晩あれば楽に終わるんだから、そんなにガミガミと責めるなよ!!」

「————葉月、お前ってやつは」

それでも英二さんは判子をついた通知表を僕らに返すと、「もういいから」「わかったよ」って顔をした。

「部屋に行こう、菜っちゃん!! 僕がさっさと宿題やって、全部写させてあげるから!!」

「葉月ぃ〜っ」

特に僕には「全部の写しはだめだぞ!!」「たとえ全部が間に合わなくても、極力自力でやれよ!!」って顔をして。葉月には「ムキになってやるのはいいけど、ボンミスするなよ!!」って叫ぶと、リビングから部屋に行こうとした僕らに軽く手を振ってくれた。

「あとで夜食ぐらいは差し入れてやるから!!」

自分だって、司法試験の勉強で寝る間も惜しんでいるっていうのに。

熱砂《ねっさ》の獣《オトコ》のＣＭが流れてからは、いろんな意味でレオポンの仕事もＳＯＣＩＡＬの仕事も増えて、いっぱいいっぱいいってはずなのに。

『――英二さんってば』

英二さんは、徹夜覚悟の僕らに「頑張れよ」って伝えると、先に夜食の支度でもしようと思ったのか、一人キッチンへと入ろうとした。

ピンポーン――。

「あん？　誰だ？　こんな時間に!?」

けれど、そんな英二さんの足を止めたのは、思いがけない時間に鳴ったインターホンだった。

英二さんは首を傾げながらも、そのまま玄関へと向かう。

「誰だろうね、菜っちゃん。こんな時間に。もう十時だよ」

「――さぁ？　皇一さんかな？　もしかしたら雄二さん!?　それともお友達!?　いずれにしても親しい人じゃない？」

僕と葉月はこんな時間だし、きっと親しい誰かだろうって納得した。

まさかこんな時間に、近所の人が回覧板持ってきたり、訪問販売員とかがくるとは思えなかったから。

「なんだ、珍しいじゃねぇかよ。親父が俺ん所に顔出すなんて。まさかお袋とやり合ったなんて言わねぇよな？」

するとと僕らの予想どおり、訪ねてきたのは英二さんのパパさんだった。

「馬鹿言え、私はこれでも喧嘩になったら追い出すほうだ！　そんなに父親をみくびるな!!」

「よく言うよ。皇一兄貴じゃねぇけど、全財産投げ出す条件で、お袋にプロポーズ受けてもらったんじゃねぇのかよ」

玄関の方から、なんだか楽しそうな二人の声がリビングに響いてくる。

「こんばんは、パパさん!!」

「どうも、こんばんは!!」

僕と葉月は部屋に引っこむ前に、これはと思ってパパさんに挨拶に駆け寄った。

「やぁ、こんばんは。お邪魔するよ。あ、これは君たちにお土産《みやげ》♡」

「わーい♡　どうもすみませんっ!!　ありがとうございますっ!!」

「ケーキだ、ケーキだ♡　ご馳走様です♡」

二人そろってなんだかなぁ？　という懐きぶりだったけど、これはロンドン滞在中に生まれた、新たな親子関係（親戚っていうより、やっぱり親子♡）のようなものだった。

婚礼衣装だの、結婚式だの。英二さんの捨て子騒動だの、その真相だの。

本当に短い一時の間にいろいろなことがあったしワイワイしたけど、そのおかげで僕は早乙女家の人たちとは本当に親しくなれたから。

葉月も僕の弟として、普段英二さんと一緒に暮らしてる子として、僕と同じぐらい可愛がってもらえるようになってたんだ。

「今、お茶を入れますね」

「あ、おかまいなく。今夜はちょっと、英二に話があって寄らせてもらっただけだから」

「―――!?」

そして、そんな親密度があるからこそ、パパさんのほうも僕らに変な気兼《きが》ねはしなかった。

はしゃいだ僕らに向かって堂々と、「だから、今夜はごめんね」って言ってきた。

せっかくだけど今日は英二に話があるから。できれば二人きりで話したいから。そういう顔を隠しもせずに、むしろ笑って見せてきた。

「…はい。じゃあ、僕らはこのまま部屋に、失礼します」

「じつは全然終わってない、冬休みの宿題もめいっぱいあるから」

「―――そっ、それは大変だね。頑張って終わらせて」

「はい!!」

「それじゃあ、ごゆっくり!!」

だから僕も葉月もその意図《いと》を即座に了解すると、ちゃっかり貰ったケーキを持ったまま、リビングから自室へと姿を消した。

『なんの話だろう!?　わざわざパパさんから出向いてくるなんて。僕がここに住まわせてもらってから、パパさんが訪ねてくるのは初めてだ―――』

なんとなく気になるというか、悪い話じゃないといいんだけど…なんてことを思いながらも、形だけは机に向かって、冬休みの宿題をやり始めた。

「なんだよ親父、俺に話って」

「いや、ちょっとな。とりあえず立ち話で終わる話じゃないから、座ってくれ」

「――――あ？　ああ」

ただ、これは「パパさん、ごめんなさい」ってことだったんだけど。

僕はリビングから僕らの部屋に、意外と筒抜けて聞こえてしまうパパさんからの英二さんへの話がどうしても気になって。ついつい宿題に集中できずに、耳を傾けてしまった。


「じつはな、英二――――」


そしてパパさんが英二さんに対して、「え!?」って思うようなことを話し始めると、僕は手からペンを落としてしまい、そのままの姿で呆然としてしまった。

『パパさん…？』

だって、だって…。それは英二さんにとって、絶対に大打撃だよ!!　どうしてそんなこと言い出すの？　パパさん!!　ってことだったから。

長年抱いてきた家族への誤解が解《と》けて、すれ違ってきた雄二さんとの和解もできて、やっと英二さんおちつけるのに。心から安堵できるようになったのに。どうしてそれをまた壊すような、惑わすようなことを言うの!?　っていう、内容のことだったから。

『どうして？　どうしてなの？　パパさん!!』


僕はその夜、とうとう手から落としたペンを、拾い上げることができなかった。

宿題をやるどころか、写すことさえままならない状態に陥《おちい》った。


「――菜っちゃん？」


パパさんが帰ったあとには、葉月が何度か声をかけてくれて。英二さんのところに行ってあげれば？　なんか声かけてあげなよ？　って、言葉もかけてくれたんだけど。

僕はパパさんから突然突きつけられた衝撃に対して、英二さん本人が一体どんな気持ちで受け止めたのかと思うと。受け止めた英二さんがどういうふうになってしまっているんだろう!?　と思うと。なんだか部屋を出ることさえ躊躇《ためら》われたから。

『英二さん――』

僕は机に向かったまま、結局一夜を明かしてしまった。

3

よくよく考えてみれば、それは「当たり前の言葉」なのかもしれなかった。

父親として息子に対し、愛情以外の何ものでもない。そういう気持ちから出た発想であり、また言葉であり、だからこその問いかけだったのかもしれなかった――。


「英二、お前には一度聞きたいことがあるんだ」

その日、パパさんは突然英二さんを訪ねてくると、こんなふうに話を切り出した。

「聞きたいこと!? 何を!?」

英二さんはなんだか、ポカンとした口調で返事をしていた。

多分最初は自分事の話ではなく、家族の誰かについてか会社がらみの話だと、受け止めていたようだった。

「お前は、うちの仕事が好きか？ アパレルが、好きか？」

「あ？ 何言い出すんだよ、いきなり？」

けどパパさんの話は、ストレートに英二さん本人に向けられたものと、すぐにわかった。

「いや、ロンドンで騒ぎを起こしたときに、お前…私に向かって無言で本心を語っただろう？ 今くれた家族への恩返しのつもりで始めたんだ。そして、今もやってるんだと」

「――――親父？」

誤解というか勘違いというか。

ひょんなことから十年もの間、英二さんから「自分を拾って育ててくれた恩人」だと思われていた、「本当は他人だ」と思われていた、パパさんからの悲痛ともいえる問いかけだった。

「なぁ、英二。私はお前が、モデルとしても組織の幹部としても、本当に親身になって働いてくれてきたと思う。本来なら勉強だけで手一杯だろう大学に通いながらも、じつに頑張って家族にとってもSOCIALにとっても、かけがえのない人材になってくれたと思う。だがな、それがじつは恩や義理を感じての努力だった。やりたかったからやってきたわけじゃないんだというなら、本当はどうしたかったんだ？　と私は聞きたい。お前が本心からやりたいものは、一体なんだったんだ？と、この際だからはっきりと聞きたいんだ――――」

うん。そうなんだ。

たしかにロンドンでは、早乙女家のみんながこじれにこじれはしたけれど。話のすべてが解き明かされたことで、英二さん自身はずっと抱き続けていた思いこみと苦渋からは解放された。

やっと自分が孤独じゃなかったんだ。ちゃんと本当の家族があったんだ。

雄二さんとも正真正銘の双子で。ママさんの子供で。皇一さんも帝子さんも実の兄弟で。パパさんだって本当にパパさんで。自分が間違いなく早乙女英二なんだっていう、そういう安心みたいなものを得て、安堵することができたんだ。

「——俺が…、本当にやりたかったこと？」

「そうだ。もしかしたら、それさえ考えられないまま、お前はこの道に入ってしまったのかもしれない。家族に執着するがゆえに、今の仕事にしがみついてしまったのかもしれない。だがな、だとしたら、今からでも遅くないんだ。お前は一度素《す》に戻って、自分の道を見直せる。自分が男として一生涯できる仕事はなんなのか、しっかりと探し直して、軌道修正をかけられるんだ」

けど、そんな英二さんの代わりに。入れ違いに。パパさんの中には驚愕するような疑問が生まれてた。これまで絶対だと信じてきたはずのものに亀裂が入ってしまい、耐え難《がた》いほどの苦渋が生まれていたんだ。

「軌道修正ったって、今さらか!?」

「今さらも何も、お前はまだ二十二じゃないか。本来ならこれから大学を出て、社会に出て行く歳じゃないか。別に何を選んで進もうとしたところで、決して遅くはないだろう？」

「——…親父」

パパさんはあのとき英二さんから、「恩返しのつもりで仕事をしてきた」と言われたことで、英二さんが好きで仕事を手伝ってきてくれたと思っていたものが。アパレルが好きだから自分の跡も継いでくれると思っていたものが。根底から崩れてしまってたんだ。

一人の父親としても、社長としても、とても叩きのめされてしまっていたんだ。

『パパさん…』

けど、それでも。親が子を思う気持ちには代えられなくて。

自分を見誤《あやま》って驀進《ばくしん》してきてしまったかもしれない息子のことは、心配で心配でならなくて。

パパさんはこれを言えば、英二さんは自分から離れてしまうかもしれない。SOCIALからもレオポンからもいなくなってしまい、全く違うところに行ってしまうかもしれない。そう思いながらも、覚悟を決めながらも、この話をしにきたんだろう。

英二さんに対して、本当はどうしたかったんだ!?　って――。

「なぁ、英二。お前は昔から、自分にはデザイナーとしての才能がないないと言っては、そればかりにこだわって、執着していた。だがな、この前ママが言っていたように、ある意味ないのはそういう才能だけで、他にはあり余るほどの才能も実力も持っている子だ。そのママ譲りの見た目にしても、そこだけは誰に似たんだか私にもわからんという、頭の出来具合いにしても。何より会社組織に入ったときの働きにしても。だから、それだけの力があるんだから、悔いのない道を選んでほしいと私は思う」

ただ、それは…。

これまで迷い続けながらも、「これが自ら選んで入った道だ」「上り詰めようとしていた世界だ」と思いこんできた英二さんにとっては、とても残酷な現実だった。

「――……」

お前のその選択の基準が、そもそも違っていたんだ。

もう一度始めから正しい基準で見直し、迷い直さなければ、本当に進むべき道は現れないんだと突きつけられたことは、厳しすぎる現実だった。

「だから、一度頭を空《から》にしてみろ。ＳＯＣＩＡＬのこともレオポンのことも、何も考えなくてもいい。これまで携《たずさ》わってきたことや、それに対する義務や責任もいっさい考えなくていい。とにかくひたすらにまっさらな気持ちになって。これから自分が何をしたいのかを一から考えてみろ。そして、見つけ出せ。それが法曹《ほうそう》界という世界ならば、今すぐ勉強だけに打ちこんで司法試験に挑め。他にあったというならあったなりの道に進むために、一秒たりとも時間を無駄にせずに挑め。私が言ってやれることは、それだけだ。あいにく聞きたかった答えは、今のお前にはないらしいのでな……」

「――……」

ようやく安住の地にたどり着いたような英二さんは、そんな現実を突きつけたパパさんに対し、途中から何も口にしなくなってしまった。

いや、きっと何も口にできなくなってしまったんだ。

あのとき無意識に口をついただろう「真実の一言」が、少なくともパパさんが英二さんに抱き続けてきた期待や信頼のようなものを、傷つけていたことがわかるから。

決して恩や義理の思いこみが悪いと言ってるのではないにせよ、「好き」という気持ちを共感して勤めていたのではないと知ったパパさんが、やるせなさに打ちひしがれただろうことが、わかるから。

「なあ、英二。これはわかりきってることだが、私に私の道があるように、お前にはお前の進むべき道がある。それがなんなのかは、お前自身にしかわからない。これぱっかりは、たとえ親だろうが兄弟だろうが、伴侶だろうが、わからないものなんだよ――」

それでもそんなパパさんが、本当に英二さんのことを思っていて、真剣に行く末を案じるがゆえに、こういう問いかけをしてきたのがわかるから。

「――ん。そうだな」

英二さんは最後の最後にやっとの思いで、相槌を打つことしかできなかったんだ。

『英二さん――』

その夜英二さんは、パパさんが引き上げたあとも、自室に戻ってベッドに入ることはしなかった。気配だけだから、それが事実かどうかはわからないけど。僕にはリビングのソファに一人で腰かけて、考えこんでしまっているのかな？　って、思えた。

もしかしたら、久しぶりに煙草《たばこ》でも吸ってるのかな？

吐き出した白い煙の中に、パパさんから求められた答えでも探しているのかな？

それとも、いきなり頭を空にしろって言われたって、そんなのできるかよ…とか、思ってるのかな？

そうじゃなくてもすでに流れてしまった〝熱砂の獣《オトコ》〟のCMは、英二さんのことをレオポンのメインモデルとしてもイメージモデルとしても、何よりＳＯＣＩＡＬの幹部としても、世に知らしめてしまっているのに。

それがわかっているからこそ英二さんは、ＣＭの効果にうまく乗せて、今以上にレオポンを世に出そう。ＳＯＣＩＡＬというブランドそのものも、もっともっと前進させようって考えて。この前だってレスターまで出向いて行って、偶然とはいえウィルにも会って、新たな企画みたいなものも相談していたのに――――。

〝だからよ。俺はこの機にうちで唯一既製品だった、生地を作りたいんだ。それもマテリアルから厳選した、ＳＯＣＩＡＬだけのオリジナルの生地を〟

〝ＳＯＣＩＡＬだけのオリジナルか――――。でも、正直いって。ハンドメイドを売りにしているＳＯＣＩＡＬでの年間消費量程度の生地をオーダーで作るとなったら、価格的にはそうとうかかると思うよ。生地だけでも小売をするなら、そこそこ単価を下げられるとは思うけど〟

〝それは――――わかってる。わかっているが、小売はできない。生地だけを市場《しじょう》には流せない。

それじゃあ、あえてオリジナルを作るっていう意味がなくなっちまうし。それより何よりうちの連中は、デザイナーからテーラーから、とにかく上から下までそろいもそろってガンコ職人だからよ。絶対に安価だの薄利多売には耳を貸さねぇんだ。このままいったら世の中不景気なんだから、絶対につぶれるぞ！　って言ってるのに。良質と信用は時代を問わない。価格では決して倒れたり廃《すた》れたりしないとか豪語しやがって。世の中舐めきってるとしか思えねぇんだけどよ…〟

それは、ＳＯＣＩＡＬにおいての英二さんのお仕事っていうのが、わかっているようでわかっていない僕には、聞き取るだけで精一杯って内容だったけど。

〝――――けど、そんなブランドを変えずに守りたい。家族の作品を守りたい。それどころか、これからだって飛躍させたい。だから新たな戦略に打って出る――――ってことかな？〟

〝まぁな。譲れない質や技術のために、価格だけは下げられない。結果的には高級志向を貫くしかない。そういうなら、いっそとことん上質でとことん高級な逸品を出せればって思ったんだ。それこそどこのブランドにもマネできない。世界中を探してもうちにしかできない。生地から糸からすべての素材を厳選し、それに最高のデザインと最高のハンドメイドを施して。これでもかってほど丹念に仕上げられた。二世代、三世代まで型崩れすることなく着用できる。そういう、すべてにおいて至高の一着ってやつを世に生み出せれば、真のフォーマルブランドのメーカーとしての、新生ＳＯＣＩＡＬが誕生するんじゃないかと思って――――〟

でも、内容がわからないまでも、どれほどそれが熱心に語られたのかは、僕にも伝わった。

英二さんがどれほど家族や家族の作る服に対して、愛情を注《そそ》いでいるのかも伝わった。

〝真の、フォーマルブランドメーカーか…〟

〝ああ。スーツでは老舗である英国製にもイタリア製にも負けないメイドイン・ジャパンだ。目指すは、世界の皇室・王室ご用達《ようたし》メーカーだ。それとともに、決して安くはないが、SOCIALスーツは男の人生において、最高のパートナーとなりうる一着だ。そう呼ばせるための妥協のない一着だ。だから、最初はスーツでいきたい。うちの十八番《おはこ》である、メンズスーツで。世界の男を相手にする、そういう一着を目指したいんだ〟

〝男の人生において、最高のパートナーとなりうる一着か…。ロマンチストだね、君って意外に。でも、嫌いじゃないいな――――、僕もそういうの〟

たとえこの仕事に携わるきっかけが、何であったとしても。

好きだから、やりたかったからっていう気持ちからじゃないにしても。

それでも今現在英二さんはとてもこの仕事が好きで、やりがいも持っていて。目的や目標も持っていて。そういうのが僕にもウィルにも、同席していた英二さんの同業者である橘《たちばな》季慈《きいつ》さんにも伝わっていたと思う。

〝――――…そう言ってもらえると、嬉しいぜ〟

誰より英二さん自身が、そう思ってきたんだと思う。

なのに、それなのに。

『英二さん…』

今さらすべてを真っ白にして。SOCIALのこともレオポンのことも真っ白にして。俺にどんな「好き」や「進むべき道」を見つけろって言ってるんだよ――とか、思ってるのかな？

それとも、そうだなって。そうするべきだなって？

『英二さん――』

そんな気重《きおも》な一夜が明けてリビングまで行くと、テーブルには「やっぱり」って思うような吸殻の山が灰皿を埋めつくしていた。

考えたらこれまで一緒にいて、まともに飲んでるところなんか見たこともないのに、灰皿の横にはお酒のボトルやグラスも置かれていた。

きっと、ついついたくさん飲んじゃったんだよね…って言われなくてもわかる。英二さんは自室のベッドにも戻らず、ソファに横になったまま眠ってしまっていた。

「菜っちゃん…」

「――そっとしておこう」

僕は英二さんに毛布をかけると、葉月とともに静かに学校へ行く支度をした。

本当は揺り起こしてでも、大丈夫!?　って聞いてみたかった。

何が!?　って聞かれたら、説明のしようもないし。お前、俺と親父の話を聞いてたのか!?　って

聞かれたら、ごめんなさい——としか言いようがないけど。

でも、僕は頼りにも相談相手にもならないかもしれないけど、黙って傍にいることはできるよ。

愚痴とか心配事とか英二さんが何か聞いてほしいことがあるなら、聞くことはできるよ。

そう言って、笑ってあげたかったから。

「今は、眠らせてあげよう」

「——うん。そうだね、菜っちゃん」

ただ、今の英二さんにとっては、僕のそういう想いや言葉より、深い眠りのほうが必要なのかな？

もしかしたら、たくさん飲んだかもしれないお酒のおかげで、ようやくこうして眠れたのかな？　って思ったら、今はそっとしておいてあげたほうがいいんだろうな…って気がしたから。

突然のことだっただけに。英二さんの見た目によらないナイーブな性格なだけに。

まだまだこれから考えこんじゃって。こういう日が何日か続くかもしれないって思ったら、せめて今だけは——って気がしたから。

『行ってくるね、英二さん』

僕は英二さんの寝顔に心の奥で声をかけると、葉月とともに静かに家を出た。

外はすごく肌寒かったけど、お天気はよくって清清《すがすが》しくって。新学期のスタートとしては最高の朝だった。

「菜っちゃん――――」

葉月には僕の中にある不安みたいなもの。心配みたいなものがわかっちゃってたみたいで、一緒に不安にさせちゃったけど。

「大丈夫。大丈夫だよ、葉月。僕のダーリンは逞しいから」

僕はそんなお天気にどうにか後押しされて、真っ白なままの宿題を抱え、今回は堂々と「ごめんなさい!!」だな――――って、覚悟を決めて学校へと向かった。


夏に続いて冬までお前はっっっ!! っていう先生からの雷と、今度は罰として三倍になってしまった宿題を食らいながらも、僕の一日はあっというまに過ぎた。っていうか、基本的に始業式とホームルームぐらいしかないの初日の一日だから、本当に怒られるだけ怒られて終わってしまったといっても過言ではないんだけどね。

けど、そんな僕を校門の前で待ちかまえていたのは――――。

「よぉよぉ可愛い子ちゃん♡　朝はほったらかしで起こしてもくれねぇで、よくも俺様を見捨てて行ったな!!　おかげで一日のスケジュールがぐるんぐるんに狂っちまったぜ。この始末、どうしてくれんだよ!!」

いつかどっかであったような、なかったような。そんなシュチュエーションで現れた英二さんだった。

「えっ、ええ!?」

「きっちり詫《わ》び入れてもらおうじゃねぇかよ。こっちきな!!」

「ええっ!?」

バリバリのレオポン・スーツ姿にサングラスをかけて。

それじゃあいかにもヤクザだよ!! みたいな言い回しで強引に僕の腕を掴んで。

校門前に駐めてあった愛車に僕を引っ張っていくと、

「なーんてな。これからデートしようぜ、デート♡」

開いた扉の助手席には、なんともこの姿の英二さんには不似合いな可愛い花束が置いてあった。

「たまには制服姿の菜月を連れ回したくなったんだ。付き合え」

『英二さん…』

そして英二さんは僕に花束を渡して、あいた助手席に座らせると、

「そうそう、こうやってマメにプレゼントもしないとな。釣った魚に餌やってねぇとか言われるからよ♡」

なんとなく「今朝は気を遣ってもらってサンキュ――」って意味もあったのかな?

照れくさそうに笑いながら運転席に回りこむと、その場から車を出して、僕を遊びに連れて行ってくれた。

「英二さんってば…。僕これ以上餌ばっかり与えられたら、肥《こ》えて肥えてすごいことになっちゃうのに」

忙しいのはたしかなのに。

朝に少しぐらい寝過ごしたからって、それでもやることはめいっぱいってはずなのに。

「なーに、日々の最低運動量は上になったり下になったりで立派にこなしてっからな。お前が俺の傍で肥えることは絶対にねぇよ♡」

「――――っ、えっ、英二さん!!」

たとえSOCIALやレオポンのことを、少し忘れて考えていいって言われても。

将来法曹界にどうこうっていうのは抜きにしても。

時間の許す限り、今は司法試験の勉強を――――っていうのは、変わらないはずなのに。

「なんなら今夜は、ラブホでフィナーレとかにすっか!? 渋谷の例のところにでも、思い出ツアーとかしてみてよ。ついでに備えつけの自販機で催淫ジェルも買って、二人で破壊的な萌《も》え萌え、してみっか〜♡」

「もぉっっっ!! そういうことばっかり言うっ!! 英二さんってば!!」

いきなりこんなこと出すなんて、これって気分転換!?

それともちょっぴり、自棄《やけ》!?

「何言ってるんだよ、今さらブルのはなしだぜ。ちょっと期待とかしたくせに!! 英二さんってば今夜は、どんなエッチするんだろう〜♡　って」

「誰も期待しないって!!」

僕は今この瞬間、英二さんがどうしたいのか、何をしたいのかが全然わからなかった。

僕に何がしてあげられるのか、その見当もつかなかった。

「嘘つけぇ。そんじゃあ期待に応《こた》えて、今夜はラブホでソープランドごっこにしような〜♡　お前が新人アルバイターで、俺がソープランドの店長の役な。基本的なリップサービスから泡踊りまでを丹念に丹念に指導。めくるめく妄想の世界で、店長それはいやっ、やめて!!　みたいなのでどうよ♡　あ、想像してたら勃《た》起っちまいそう。菜月、このまま俺の出してしゃぶれよ。ラブホの前に一発抜くのも、なかなか乙《おつ》だぜ♡」

「――――えっ…英二さん!!　もぉっっっ!!　だからどうしたらそういう発想になるの!!　第一、今そんなことしたら事故起こしちゃうでしょ!!　万が一にも事故ったときに、英二さんあそこだけ出してて、滅茶苦茶恥ずかしいカッコで救急車に運ばれちゃうよ!!」

ただ、僕にもできることといえば、英二さん特有の馬鹿っ話に付き合って。

意味があるようなないような、いや絶対に無意味だってことはわかってるんだけど。そういう話で一緒に盛り上がって。

少しでも気休めになるなら。英二さんが楽になれるなら。僕はどういうエッチしてもいいよって、思うことしかできなかった。

「っ!!　あっはははっ!!　そりゃそうだな!!　こりゃやべえや。やってもらうなら車をどっかに駐めなきゃな」

「だから、そういうことは言ってないっていうのに!!」

それこそ本当に今欲しいとか、今…しろとか言われても。

それでも僕のこと傍に置いてくれてるんだ。相談や愚痴は出なくても、少なくともこういうときに僕の存在を求めて、こうやって迎えにきてくれてるんだって思うから。

僕はそれだけで、どんなことでもするよって思えたんだ。

口ではギャーピー言っても、なんでもするよって――――。

「もう、英二さんってば!!」

ただし、車がいつのまにか横浜の埠頭《ふとう》の方に走っていて。

特に誰がいるってわけでもないけど、まだ真昼間なのに英二さん…って場所で駐められると、さすがに僕の顔も引きつったけど。

「――――さぁってと、駐めちゃった♡」

悪びれた顔もしないで舌を出され、ハンドルを握っていた両手をズボンのファスナーに持っていかれると、僕もついつい固唾《かたず》を呑《の》んじゃったりもしたけれど。

「なんて、嘘だよ。ちょっとお前には、相談したいことがあっただけなんだ。こういうのも情けねぇなぁって思うんだけど。どうしてもお前の意見を、聞きたくてさ」

さんざんわざとらしさを演出した英二さんの両手がズボンのポケットに伸びて、取り出した煙草を銜えると、僕には一瞬にして違う意味の緊張が走った。

「――――相談？　意見？」

「ああ。まぁ、昨夜の話はお前にも筒抜けだったと思うから、あえてタラタラとした説明はしねぇけどよ。俺、親父からリストラ食らったみたいなんだけど、どうしよっかな？　って思ってよ」

「――――は!?　リストラ!?」

「おう。まぁ、親父の言い分も理屈もわかるにはわかるんだけどよ。いくらこの際だから好きな仕事を見つけてやればいいって言われたって、現状で突然ＳＯＣＩＡＬの仕事もレオポンの仕事も白紙にってことは、リストラか俺!?　ってことだからよ。なんせ社長から直《じか》に肩叩かれちまったようなもんだしな。ってなると、仕事の好き嫌い以前に、俺の今後の収入はどうしてくれんだよ!!　ってことになる。稼ぎどころはどうする!?　ってな」

けど、けどぉっつっ――――。

「えっ、英二さん!?」

僕が覚えた緊張は、英二さんらしいというかそうじゃないっていうか。いや、でもやっぱり英二さんらしいのかな？　って相談の内容を聞いたとたんに、一気に崩れ去った。

「もちろん、だからっていきなり生活が倒れるような、お前や葉月の今の生活に影響が出るような蓄えの心配がどうこうってことは全然ねぇんだけどよ。でも、俺の感覚だけの話で言うなら、世の中の不景気に叩きのめされてるサラリーマン親父と変わらなくってな。こりゃ、一応奥さんに相談しなきゃと思ってよ。なぁ、奥さん♡」

そうか、英二さんの感覚からすると、昨夜のパパさんからの問いかけは、そういう解釈になって「どうすっかな?」ってことになってたんだ。って思ったら、僕は自分が考えていたというか、覚えいたジレンマみたいなものとは、比べものにならないぐらいかけ離れてたんだってわかったから。

「え? ええ!?」

「旦那がある日突然リストラされてきました。どうする?」

だって、パパさんは英二さんが可愛いから、息子として大切だから、悔いのない人生を送ってほしいって気持ちで、あんなことを言い出したのはたしかなんだ。

英二さん自身だってそういう親心がわかるから、一応パパさんの言うとおり、これからのことを考え直してみようかな? って気持ちになってる。

これは僕の偏見でも思いこみでもなんでもないと思う。

「どうするって、言われても…」

ただ、これは盲点だったというか、なんというかなんだろうけど。

これから大学を卒業するような歳の英二さんではあるけれど、それはパパさんや家族から見たときの英二さんであって。それとは全く関係なく、現状の英二さんには、すでに一家の大黒柱的な気持ちが根づいているんだ。

そうじゃなくても僕を引き取ったこともあって。葉月まで面倒見ていることもあって。おまけに結婚式までやっちゃったもんだから、完全に気分は旦那様♡　であって。おそらくパパさんの思うところの〃子供〃っていう感覚ではないんだ。

それこそ俺には養っていく家族がいるのに、いきなりそんなこと言われてもよ!!　みたいな。

考えこんでいた次元というか、問題だと思う根底が違っていたんだ。

「別に…頑張って二人で働けばいいんじゃないの!?」

でも、だからこそ。僕はここで曖昧《あいまい》な言葉は口にできないって思った。

「今すぐ急にどうこうなるってことじゃないなら、その安心を一日でも長く維持するために、僕は学校帰りにアルバイトを始めればいいことだし。葉月の生活分は、そもそも英二さんが背負《せお》う理由がないんだから、父さんから貰ってる貯金を使わせてもらえばいいことだし。あとは英二さんがパパさんの言うとおり、これから何しようかな〜って好きなものを探して。でもって見つかったらそういうお仕事の会社に面接に行くとか、資格とるとかしてお勤めしていけばいいんじゃないの？」

僕が思うことを、思うままにストレートに伝えて。決して英二さんが僕の気持ちを履《は》き違えたりしないようにしなきゃって思った。

「だって、英二さんそもそもカッコイイし、頭滅茶苦茶いいし、何より性格的には世渡り上手だから、たいがいのお仕事ならいけるんじゃないの!?　って僕は思うよ。前の訪問販売員もすごい!!　って感じだったし。その気になればこのまま司法試験に全力投球して、末《すえ》は法曹界でもＯＫだと思うし。ただ、僕からの絶対のお願いはね――――」

「お願いは!?」

僕の望みは唯《ただ》一つ。好きな道を、好きだなって思う道を。

自分が進みたいと思う道を行って、英二さん。

「間違っても僕との生活維持のために、これからの仕事を選んだりはしないでってこと。焦《あせ》った選択はしないでってこと。僕はパパさんが言ったとおり、英二さんには英二さんが一番楽しい、嬉しい、やりがいがあるって仕事をしてほしいと思うから。それがもしもないなら、見つけてほしいから。そうじゃなかったら、パパさんの気持ちが無駄になる。英二さんがリストラだっていうなら、それさえ無意味なものになる。だから、僕が言えるとしたらそれだけなの」

英二さんならどんな方向に行っても大丈夫。失敗ないよって思うから。

万が一あてが外れて失敗しちゃったって、何度もチャレンジすればいいって思うし。これはだめだったからあれにしようでも、僕はいいんじゃないかな？　って思うから。

「――――…菜月」

だって、人って必ずしも、すべてにおいて好きなところに行けるとは限らない。

思うがままにいける人ばかりだとも思わない。

でも、そういう思いを英二さんは、一番最初に味わっていると思う。

別にデザイナーになりたかったとか、そうじゃないとかっていうのは別にしても。欲しいと感じた才能が自分にはない。

家族だと思っていたものさえ、じつは違った。自分には血の繋がった家族さえいなかった。

自分には何もないのか!? って、いっぱい考えたと思う。

自分にどれほどのものがあるか、そのときには気づいていなかったから。

すべてが思うようにならなくて、苛々《いらいら》したり、落ちこんだり。

僕にはそれがどれほどのものかはわからないけど。

でも、そういう思いつめた状況の中からでも、大学を受けたり通ったり。レオポンのモデルをやったり、SOCIALの裏方さんをやったり。

英二さんはどうにか踏ん張って、いろんなことにチャレンジしてきた人だと思うから。

それで僕が出会ったときには、すでに自立した立派な人になっていたんだと思うから。

「ねぇ、英二さん。英二さんは、今の仕事じゃなかったら、どういう仕事がしたかったの!?」

「――――どういう仕事って?」

だから、たとえこれからまたスタートすることになったとしても、すぐに一になり百になり、千になる人なんじゃないかな? って思う。

それこそ本当にこれだって思うものに出会ったら、すごい力を発揮する人じゃないかな? って思う。

だって、僕は英二さんとなら、無人島でも生きていけるって感じたんだから。

たとえ砂漠の真ん中でも。北極や南極でも。英二さんなら大丈夫。英二さんとなら大丈夫って。それほど英二さんは、生命力に溢れてるし。野性味にも溢れてるし。何より人としても魅力に溢れた人だから。

見た目の素晴らしさを別にしても、傍にいたら嬉しいって思える人だから。惹《ひ》かれるって人だから。だから僕は、大丈夫って思ったんだ。

僕も僕なりに頑張るから、英二さんも頑張って!! って、素直に応援できたんだ。

「ほらほら、だからさ。たとえば小さい頃は何になりたかったの？　よくあるじゃない。男の子ならパイロットとか宇宙飛行士とか。女の子ならお嫁さんとか」

そしてこんな小さな問いかけだけど、きっと英二さんなら何倍もの大きな答えを見つけてくれるって思ったんだ。

「それとも、最初からパパさんみたいなデザイナーがいいなとか、ママさんみたいなモデルさんがいいなって思ってたの？　この際だから、なんでもいいから思いつくまま言ってみてよ。まずはそういうのから目指してもありなんじゃない」

英二さんの中にある、今はまだ発見されていないかもしれない。そういう大きな答えを。

「――――え？　俺のガキの頃？　そうだな…。そういやガキの頃は…」

「ガキの頃は？　なになに？」

「王様になりたかったな♡　王様。なんかエラソーって感じでよ」

――ただし、本当に大きな答えっちゃ、大きな答えだったけどね。

『王様って。エラソーって。英二さんだよ…やっぱり』

っていうより、それならもう叶《かな》えられてるんじゃないの？　少なくとも中身はすっかり王様だと思うよ、英二さんの場合。

それに僕にとっても英二さんは、どこの国の王様よりも、素敵で力強くて頼もしい王様だよ♡

って答えだったけどね。

「――――って、どうしてこういう発想だかな、俺は」

「英二さん、自分でオチつけないでよ」

でも、こういう英二さんだから、僕はなんだか安心なんだ。

「じゃあお前はどうなんだよ。ガキの頃にはなんになりたかったんだよ」

「え？　もちろん。僕はお父さんのお嫁さん♡」

「何っ!?　キラキラ親父のお嫁だぁ!?」

『って、しまった!!』

どんなに会話そのものがかっ飛んでいても、その裏側では「じつは」なんだよね。

例え話《ばなし》がこんな調子でも、本当に本当のところは――――って気持ちが隠されてるんだよね。

ってわかっていても。

「お前、んなちいせぇ頃から男好きだったのかよ」

「あーっ!!　そういう言い方する!?　普通!!　だって父さんが大好きだったんだから仕方ないじゃん!!　小さい頃だからこそ、そういう発想になるんじゃん!!」

「あん？　誰が誰を大好きだったたって!?　たとえ親父相手でも、俺の前で俺以外への好きは認めねぇぞ、菜月。そういうことを軽々しくいう口にはお仕置きが必要だな!!」

「――――やっ――――っ!!」

それがどれほどのものなのか、突然合わされた唇から、ひしひしと伝わってきても。

「…んっ、んっ」

『英二さん…』

僕は英二さんが「英二さん」である限り、安心だって感じられたんだ。

「――――んっ」

英二さんが「英二さんらしいや」って感じられる限りは――――。

「菜月…」

「英二さんっ…」

英二さんは運転席から僕の体を引き寄せると、唇を貪りながらも強く抱きしめた。

「俺を好きだと言え。一番好きだって」

そしていつしか、俺にとっては菜月のこの言葉が、呪文なんだって呟きを求めてきた。

「英二さんが好き。英二さんが大好き」

僕は英二さんのことをしっかりと抱きしめ返すと、求められるままに想いを発した。

「英二さんがいなくちゃ死んじゃう――――」

この想いは永遠に変わらない。

ずっと変わらない。

「でも、僕がいなかったらきっと英二さんも死んじゃう。だから僕はしぶとく生きるよ。大好きな英二さんに生きてもらうために。いつもギラギラと輝いてもらうために。絶対に英二さんからは離れない。何があっても。たとえこの先に、どんなことが起こっても」

「――――菜月…」

今は他に何もあげられない僕だけど、僕のこの想いと命は、英二さんだけのものだ。

「ねっ、マイダーリン♡」

そういう想いのすべてを発して、今度は僕から口づけた。

大好きな英二さんに、口づけた。

「――――ああ、そうだな」

英二さんはなんだか僕の勢いにのまれたのか、受け止めるのが精一杯って顔をした。

気がついたらお前も、言いたいこと言うようになったよな。

いや、そういうのは最初からだってわかってたけど、言葉そのものが力強くなったよな。お前自身も、強くなったよな。

最近俺はタジタジだぞ！　って、微苦笑を浮かべながらも、僕からのキスを受け止めた。

「英二さん…」

「――菜月」

PPP。PPP。

「――――っ!!」

ただ、あわやこのまま、またエッチな展開!?　まだ真昼間なのに。車なのに僕らってば!!　ってときだった。英二さんのスーツの内ポケットに入っていた携帯が、僕らの目を覚ますように鳴り響いたのは。

「はい、もしもし」

英二さんは「なんだ!?　誰だ!?」って顔をすると、胸元から携帯電話を取り出し、よそゆきの声で応対した。

「――あ？　ああ？」

僕は助手席に身を引きながらも、相手は一体誰なんだろう？　って単純に思った。

まさかこの一本の電話が英二さんの行く末に、驚くような「新たな道」を用意しているだなんて、考えもしなかったから――――。

4

突然の電話で急遽《きゅうきょ》英二さんをSOCIALの本社に呼び出したのは、英二さんどころか社内にいたパパさんやママさん、皇一さんや珠莉さん、帝子さんや雄二さんでさえ唖然《あぜん》としてしまうような相手だった。

「はじめまして。わたくし関東放送の飯島《いいじま》という者です」

「――はぁ、どうもはじめまして」

応接間にずらりと並んだ早乙女ファミリーと僕を目の前に、その人が自己紹介と身分証明をかねて出した名刺には、テレビ局のドラマ制作部のプロデューサーだと書かれていた。

プロデューサーって言葉の響きだけ聞くと、なんか中年のおじさんとかイメージしちゃうんだけど。その人は三十前半ぐらいかな？　皇一さんに負けず劣らず爽《さわ》やか系な、スーツがよく似合う好感度バッチリなお兄さんだった。

ただ、その飯島さんというお兄さんが、一体どんな用で英二さんに会いにきたかといえば…。

「このたびお伺いしたのは、じつはドラマ出演のお願いなのですが」

その場の全員が。いや、ただ一人を除く全員が、仰天しちゃうような理由だった。

「――ドラマ出演!?」

そう。そのただ一人は英二さん本人でもなく、たまたま僕の隣にいた皇一さんだったんだけど。

「よし」

『――皇一さん？』

「はい。本当に突然すぎて恐縮なのですが。今月末に放送予定の新作のサスペンスドラマで、〝探偵デザイナー・駿河銀《するがぎん》。華麗なるパリ・ミラノコレクションに彩《いろど》られた、連続殺人事件に挑む！〟というものがあるのですが。これがシナリオです」

「――…はぁ？　デザイナー探偵、駿河銀行!?」

「いえ、探偵デザイナー、駿河銀です!!　まぁ、話的にはありがちなものでして。有名デザイナーが自社のファッションショー開催時に、現地で起こった連続殺人事件に巻きこまれ、それを謎解き解決していくというものなのですが…」

「そりゃ、サスペンスじゃなくてコメディ・ドラマなんじゃねぇのか!?　どこの世界にそんなデザイナーがいるんだよ。普通のサスペンスのパターンなら、デザイナーはたいがい死体か犯人になっちまうんじゃねぇのか!?　ん？」

「――あっははははっ。そっ、それは…。言っちゃいけませんって」

「英二!!　失礼だぞ!!」

「へーい」

うん。そうだ。

どうして皇一さんだけが、この突然すぎる話に関して、さもしてやったり。当然だって顔をチラチラさせているかといえば、皇一さんにとっては「こういう結果」がそもそもの熱砂の獣《オトコ》の根底にある企画だったからだ。

「いや。あの。なんていいますか。確かに早乙女さんのご指摘もごもっともなんです。この作品はサスペンスはサスペンスというジャンルなのですが、どちらかというと娯楽寄りかな～と。まぁ、ただ、そういう設定だけに、せめて話にリアル感を持たせるために、その中で実際活躍中のモデルさんにもぜひご協力できないか？　という話が急遽持ち上がりまして」

「俺はたとえ劇中であったとしても、死体になるのはごめんだぞ」

「滅相《めっそう》もないっ!!　そういう役柄ではないんでご検討ください!!　内容的には実名での出演です!!　簡単ではありますが、先日CMにもなったレオポンや、SOCIALブランドそのものの宣伝も、さわりの台詞程度ではありますが、早乙女さんのプロフィール紹介とともに入れさせていただきます!!」

「――――早い話、こっちの宣伝は保証してやるから。そのかわりにその銀ちゃんが有名デザイナーなんだって印象をつけてくれってことなんだろ？　SOCIALのモデルである。今なら〝熱砂の獣《オトコ》〟って売りがある俺が、〝先生!!　今日もよろしく!!〟かなんか、わざとらしいこと言ってよ」

「英二っっっ!!」

「あはははっ…早乙女さ～ん」

皇一さんは自分の作ったシリーズを売りたかったわけじゃない。

自分のシリーズを着こなす英二さんという最愛の弟であり、キャラクターを売りたかったから、私財を投げ出す覚悟でCMデビューを実行したんだ。

たった一枚の写真でも、そのモデルの運命を変えるとまで言われる天才写真家・相良《さがら》さんに依頼し。三十秒という世界で、三十六枚もの写真を日本中に流し。

レオポンやSOCIALの大々的な売りこみに見せかけて、本当はもっともっと英二さん自身を世に出したかったんだから。

輝くモデルとしての英二さんの可能性みたいなものや舞台を、SOCIALという枠をぶち破り、世界中に広げたいって願って実行したんだから。

「なんだよ。違うのかよ?」

「――――いえ、すみません。悲しいぐらい当たってます。ごもっともなんで…はい。狙いはそういうことです。正直いって、出演料はそんなにお支払いできませんので…、せめて宣伝のつもりでいかがですか?　と…」

そしてその企みは、これ以上にはないだろうって成功の形で、英二さんに話を持ってきた。

ドラマというお芝居の中なのに、早乙女英二のままでいいんだ。

今度は〝熱砂の獣《オトコ》〟という架空の王の存在でもなく、まったく素の本人のままでのテレビ出演でいいんだという、とてつもなく大きなチャンスが――――。

「ふ～ん。そりゃたしかにすげぇ抱き合わせ、利害の一致って依頼だな。こっちもCM一本でどんだけ金がかかるかわかってるだけに、出演料なんかじゃまかないきれねぇぐらいの採算があるのはうなずける」

「でしょう♡　では、OKいただけるんですね!!」

「──────いや、NOだ」

なのに、これだもんな～。英二さんってば。

「英二っ!!」

思わず皇一さんが目くじら立てちゃう気持ち。さっきから「どうしてお前は即答で『はい』と言わないんだ!!　お受けすると言わないんだ!!　それどころかNOってどういうことだ、NOって!!」って叫びたい寸前だろう気持ち、僕にはすっごくよくわかった。

「のっ、NO!?　どうしてですか!?　こんな条件、絶対にないって私のほうは自信を持ってきたんですよ!!」

「だってよ、簡単に考えてみろよ。その俺のプロフィールを出しながら銀ちゃんの舞台に立て、架空とはいえ他のデザイナーの舞台に立てって言うのは道理が合ってねぇんじゃねぇのか!?　俺はこう見えてもSOCIALの専属モデルだ。レオポンのイメージモデルだ。それを全国ネットされちまうテレビで、そっちが用意する他ブランドの服は着れねぇよ」

「英二っ!!」

どうしてお前はそうなんだ!!　って、嬉しい半面哀《かな》しいぞって気持ちが、皇一さんの「英二」には、たくさんたくさん込められていたから。

「いえ、ですから友情出演という形を取らせていただきたいんです!!　こういうお願いは失礼だってわかっていますが、早乙女さんが知り合いの方のコレクションに限り、特別出演されていることは私も調べてきました。SOCIAL以外の舞台でも、たしかミラノやパリコレに友情出演でなら参加されていますよね!?」

「――――そうくるか。意外なところに突っ込み入れてきやがったな」

「当然です。私もここに遊びやひやかしできているわけではありません。このドラマをいかに根強い一本にするか。シリーズとして今後も続けていくか。そういう意気ごみで、勝負のつもりできていますから。私はこのドラマのシリーズ化に、初めて任されたこのドラマに、プロデューサーとしての夢をかけてますから！」

「……っ、そんな…。熱血されてもよ」

けど、そういう皇一さんも真っ青なほど、飯島さんという人の迫力もなかなかなものだった。

「お願いですから聞いてください、早乙女さん!!　このドラマ、娯楽だろうがサスペンスだろうが、ジャンルはともかくシナリオは面白いです。それは私が保証します。ただ、どうしても。今ひとつのところでリアル感に欠けるんです。どんなに役者が頑張ってモデルを務《つと》めても、視聴者がその役者を無意識に役者として捕らえる限り、本物の舞台を見せることが適《かな》わないんです。私は、これが架空だとわかりきっていても、現実感が欲しい。ドラマを際立たせるための光が欲しい。ですから、ささやかなシーンではあるのですが。二時間のうちの数分ですが。本物を投入したいんです。そのために、申しわけないですけどこの依頼は早乙女さんだけにしているわけではありません。現在パリの方で活躍中の日本人モデル、TAKAMI《たかみ》さんにも依頼してます。すでにお話も受けていただけました」

「――――は!? TAKAMIだ？」

多分、出演そのものは本当にちょぴっとなんだろうな？　って思うけど。

そのちょぴっとが大切なんだ。

自分が作りたいものには絶対に必要で、これだけは妥協したくないんだ!!　って訴えが、英二さんのみならず、その場の全員にわかるほどだった。

「はい。お二人以外は全員役者がモデル役に、ということになっています。けれど、お二人そろえばすべてが本物に見えると私は思ってます。これがシリーズ化した暁《あかつき》には、毎回活躍中のモデルさんにご協力いただこうと思っています。それを一つの目玉にしたいと企画してます。けれど、一番大事な一本目は、この一本目だけは、絶対にお二人でいきたいと思ってお願いにあがりました。どうでしょう？　お時間的にはそんなに取らせません。撮影そのものは半日で終わります。お忙しいとは思っていますが、ご協力願えませんか？」

「――――…」

それでも英二さんは、なかなかＹＥＳとは言わなかった。

どうしてだろう？

やっぱりパパさんにああは言われても、それでも他ブランドは着たくないってことなのかな？

それとも、そういう道に進むつもりは全くないから。俺は司法試験目指して勉強するんだよ!!　って、ことなのかな？

「英二。ここまでおっしゃってるんだぞ」

皇一さんはそんな英二さんに、「受けろ」と言っていた。

「いいじゃないのよ。英二…。何もったいぶってんの？　ちょい役だろうとドラマよドラマ♡　カッコイイじゃない♡」

帝子さんも、これって二つ返事なんじゃないの？　って、声をかけた。

「――英二…」

雄二さんは、何を悩んでるんだ？　って、純粋に英二さんの心配をしていた。

「――」

「――」

パパさんとママさんは、沈黙を守って見守っていた。

「早乙女さん!!」

「わかった。いいぜ。その最初の目玉が俺一人ってことじゃねぇのにはちょっとムカッて感じだが、

TAKAMIが相手なら文句はねぇ。少なくとも、やつは国産じゃトップクラスのモデルだ。世界に出ても俺が俺より上にいるって認められる、数少ないメンズモデルってやつだからな」

「英二!!」

「早乙女さん!!　それじゃあ!!」

でも、不安と期待の入り混じった室内は、英二さんのたった一言で一転してパァッて明るくなった。

「ただし、たとえ架空の舞台であっても、俺の衣装は持ちこみさせろ。俺は他ブランドや衣装部屋の服を着て全国放送されるのはまっぴらごめんだ。それに、場合によってはその劇中のショーの衣装全部を、うちから提供させろ。うちにはメンズからレディースまで服がある。たいがいの舞台設定に応用できるだろう？」

「――――え!?」

そのあとのたった一言と、英二さんの鋭い視線がさらに室内の空気を一変させたのもたしかだったけど。

「第一作目のうえに新人プロデューサーが請《う》け負うようなドラマだ。少ないだろう制作費に、余分な予算を割《さ》けとは言わねぇ。こっちからの衣装提供はタダでいい。最後の字幕に、ちょっと大きなロゴで衣装提供SOCIALって名前が一行入りゃそれでいい。どうよ、どうせ何分もあるかないかわからないところにこそ本物が欲しいって言うなら、いっそ本物の服も持ちこむっていうのは。

もちろん、その探偵デザイナー銀ちゃんの作品が、とんでもなくパンクな代物《しろもの》だって設定があるなら別だ。こっちのブランド名に傷がつく。けどよ、こう言っちゃ悪いが、どうせ話の主軸は探偵モノだ。事件と推理が売りのドラマだ。ってことは、デザイナーとしての質や服のほうにまでは気も金も回ってねぇだろう？　ちょっと気を回したところで、そこそこ名のあるブランドの貸衣装で賄《まかな》おうってレベルだろう？」

ゾクゾクするというか、不思議な高揚感というか。英二さんが発する一言一言が、とにかく力強くって。お仕事上では関係のないはずの僕にまで、なんだか「これはすごいことになるんじゃ…」って満ち満ちた気持ちになった。

「早乙女さん…。本当ですか!?　本当に、そういうご協力もいただけるんですか？」

「何言ってるんだよ。お前、そういう目的込みで俺にこの話持ってきたんだろう？　だから、利害の一致ってやつをチラチラさせて、俺にこの話振ってきたんだろう!?」

「――――えっ、ええっ？」

しかも、そんな英二さんに煽られてか、家族みんなの目つきも徐々に変わってきて…。

「悪いがな、俺は馬鹿なほうじゃねぇんだよ。これでも専属モデルって肩書き以外に、ＳＯＣＩＡＬの幹部って肩書きを持ってる男なんだ。だから、儲かる話は大好きさ。そういう話を持ってくる利口な男もかなり好きさ。熱意の裏にある緻密《ちみつ》な計画性も、駆け引きの上手《うま》さも。現状を踏まえながらも、足りないものを策略で補《おぎな》える知恵も。それより何より、強欲を笑顔に包み隠して、堂々と乗りこんでくる度胸もな」

「――――さっ、早乙女さん」

「ただし、そういうパクリはうち相手だけにしといてくれよ。アパレルメーカーの息子でしかも専属モデル。そういう男を起用すれば、自社の宣伝広告と引き換えに、高級衣装ももれなくオプションサービスで…っていうのは、はっきりいってうちの兄貴が〝熱砂の獣《オトコ》〟で世間に対して仕掛けた企画、甘い罠ってやつだ。だから、それに乗るならその探偵銀ちゃんがシリーズ化した暁には、目玉のモデルのほうはころころ変えても、舞台用の衣装はうちのを使い続けろ。モデルと一緒にアパレル・スポンサーまで毎回変える気でいるなら、この話は根底からなかったことにする。聞かなかったことにする。けどな、俺は見かけどおり意地悪な男だからよ。ここまで話して了解しなかったら、今すぐパリにいるTAKAMIに連絡とって、〝なになにお前、今さらヘボい貸衣装着て母国のテレビにでんの!? 恥ずかしくねぇの!? 信じらんね～〟って笑ってやるぜ。そしたらあいつ、絶対に断ってくるぞ。なんせあの男は、なんに対しても一流以外には用はねぇっていう、俺様もビックリなぐらいの俺様野郎だからな」

「さっ、早乙女さん!!」

「どうする？　俺から言えるのはそれだけさ。だがこの話を受けるにあたっては絶対条件だ。どうよ？　それでもお前の作品に、探偵銀ちゃんに、俺とSOCIALが欲しいか？　ん？」

特に真っ向から英二さんの言葉を受け続けた飯島さんの目も明らかに変わってきて…。

「欲しいです――――もちろん」

というよりは、あの爽やかそうな笑顔は一体どこ!? みたいな、鋭い顔つきになって。

「その条件、全面的にありがたく受けさせていただきます。ご出演依頼を受けていただいて、ご協力を申し出ていただいて、ありがとうございます」

「どういたしまして」

この話を出演依頼がどうこうって以上のものにした。

「ってことだ、兄貴、姉貴!! 早急にこのシナリオに目を通して、銀ちゃんってキャラのイメージを損なわない程度の衣装の用意! ついでだから舞台構成にも、多少の知恵は出してやれ」

「えっ!? ええ!? ちょっと英二、それって私もやんの!? うっそぉ!!」

「OK! そうこなくちゃ面白くないぜ、英二。お前は最高だ!!」

そのうえ、それって、それって!? って話はまだ続いたんだ。

まるで、たまりにたまった英二さんの才能という泉の堰《せき》が、突然壊れて一気に溢れたように。

「それから、雄二。俺とTAKAMIの衣装に関しては、お前が用意しろよ。新作二着、今すぐ創れ!!」

「はっ!? 俺が!? しかも今から創るのか!?」

「当たり前だろう。これはレオポンとは別次元の話だ。SOCIALとして受けた話だからな。トップデザイナーのお前が動かなくってどうするんだ」

「英二――」

「それにお前だって、他社と専属契約のあるTAKAMIをうちの舞台に正規のルートで呼んだら、ワンステージで一体いくらぶんどられるか知ってるだろう!?　それが形は違えどタダで使えるんだぞ、タダで!!　あげくにテレビで宣伝できるんだ。新作で挑まなくってどうするんだよ!!　撮影のスケジュールがどうなってんのか知らねぇけど、放送が月末ってことは全然時間にゆとりがねぇだろう？　時は金なりだ!!　ぼさっとしてねぇで慌てろ!!」

「あ、ああ…」

「なに躊躇《ためら》ってんだよ。お前創りたかったんだろう？　俺に着せる服を。俺のイメージの服を」

「――――!!」

そして、それは雄二さんにとっても同じことで。

「そういうことだよ。積年の誤解と八つ当たりの侘びに、このチャンスはお前にやる。画面に映るのなんかほんの数分だろうってことはわかってる。けど、それだけありゃSOCIALの天才デザイナー、早乙女雄二がどういうデザイナーなのか。また作品がどういうものなのか、十分世間に伝えられるだろう!?　主役の銀ちゃんには悪いが、その数分間の主役だけはお前の創る服であり、それを着る俺やTAKAMIだ。だから、必ずそれだけのものを創れ!!　どさくさにまぎれて、新シリーズを立ち上げちまえ!!」

雄二さんは英二さんから振られたチャンスに。っていうより、本当ならものすごい課題ってことなんじゃないの!?　ってものに。みるみる顔色や目つきを変えた。

「────OK。いいぜ。任せろ英二！　その二着は俺が預かった。このSOCIALの早乙女雄二が預かった!!」

それこそプレッシャーなんて言葉は俺には無縁だ!!　俺は天才だからな!!　っていう、最高の笑顔で、自身で、力強く胸も叩いた。

『英二さん…。雄二さん』

それは雄二さんにとってもSOCIALにとっても、全く新しい道が、この瞬間に開いたような、そういう輝かしい光景だった
英二さん自信にも、何かが開かれていくような、そういう神々《こうごう》しい光の見える一瞬だった。

「ありがとうございます!!　よろしくお願いします!!」

飯島さんは、そんな巨大な力みたいなものを自分の作品に得られた喜びで、ますますやる気になってスケジュールを説明し始めた。

そして一とおり終えると、

「それでは、本当によろしくお願いします!!」

自分がまだまだしなければいけない仕事のために、意気揚々と応接間を飛び出そうとした。

「あ、待てよ。ついでに聞きてぇんだがよ、TAKAMIを俺とセットで持ってきたのは、俺へのあてつけか!?　それとも挑戦か!?」

「――――は？」

「いや。単なる偶然ならいいけどよ。ま、せいぜい頑張ろうぜ」

「ええ!!　それじゃあ!!」

きたときとはまるで別人か!?　っていうぐらい、本性丸出し!?　みたいな精悍な顔で、飛び出していった。

『――――あてつけ？　挑戦!?　英二さん…？』

僕にほんの少しだけまた「ん？」って思うような疑問を残したけど。

『TAKAMIさんって…どういう人なんだろう？』

「よっしゃあ、よっしゃあ!!　俺の狙いどおりだぜ!!　絶対にCMの効果で、こういう声がかかると思ってたんだ!!　英二、よくやった!!　珠莉、忙しくなるが、英二と雄二のための服を頼むぞ!!」

それでも皇一さんの笑顔には勝《まさ》るものなし!!　って感じに、この話は盛りに盛り上がった。

「はいはい、よかったね。おかげでまた俺は徹夜になるらしいけど…。あ、急いでTAKAMIのボディもどっかから調達しなきゃな。もしかして、場合によっては俺がパリまで行くのか？　だったらどうしてロンドンにいる間に言ってくれないんだかな～。面倒くせぇ～」

珠莉さんも、〝熱砂の獣《オトコ》〟に込められていた皇一さんの願いというか想いを一番理解していたんだろう。やれやれって顔をしながらも、話題に出ていたTAKAMIさんというモデルさんの、しっかりした寸法を求めて俺も動き出さなきゃって意欲を見せた。

「それにしても、菜月ちゃん!! ＣＭの次はドラマよ、ドラマ～♡ たとえちょい役だろうとなんだろうと、ドラマはドラマ～♡ こんどは三十秒じゃなくって、何分よ何分!!」

「はい♡ すごいですよねー、帝子さん♡ 英二さんってば本当にっ♡」

「当たり前だろう♡ 何てったって俺の英二だからな♡ んなわけのわからねぇ主役の探偵なんか、記憶に残らねぇぐらい英二を飾り立ててやるぜ♡」

もちろん、帝子さんや僕、雄二さんなんか手放し状態で。

英二さんが今よりもっと有名人になったら、絶対に僕たちが公認ファンクラブ作っちゃおうねーって勢いだった。

「馬鹿、なに身内にミーハーしてやがんだよ。これは仕事なんだぞ、しご…って、あーっっ!!」

けど、そんな歓喜も絶頂っていうときだった。

「やべえ!! 俺、昨夜親父からリストラ食らったばっかりだっていうのに、何やってんだろうな!! ついついいつもの癖で、すげえ交渉しちまったよ。何がＳＯＣＩＡＬ商品の無料提供だよ。俺はもう社員でも専属モデルでもねぇのに。すまねぇ親父!! 今すぐあのプロデューサーとっ捕まえて、この話白紙にしてくっからよ!!」

思い出したというか、ある意味我に返ったというか。そういう英二さんの言動に、室内は騒然となった。

「えっ、ええっ!! リストラ!? 誰が!?」

それこそ雄二さんはキョロキョロしちゃうし。

「なんですって!!　英二がパパからリストラされた!?　それどういうことよっ!!」

帝子さんは悲鳴を上げちゃうし。

「しかも、今からこの話を白紙にするって――――ちょっと待て、英二っ!!　早まるなっ!!」

皇一さんは飯島さんを追いかけようとして部屋飛び出そうとした英二さんに、タックルするような勢いで止めにかかった。

「なっ、なんだよ!!」

必殺の羽交い締めで英二さんを部屋の中央に引きずり戻すと、真っ青になって英二さんに、事の真相を追究した。

「なんだよじゃない!!　どういうことなんだか説明しろ、英二!!　なんで、なんでいきなりそんな話になってるんだよ!!」

「いや、なんでって、聞かれても」

「お前、社員でもないとか専属モデルでもないとかって、どういう意味なんだよ!!」

「それが、どういう意味って言われても…」

「俺のレオポンをほかす気なのか!?　熱砂の獣《オトコ》の効果で、売り上げにも火がついてるっていうのに。お前が辞めてどうするんだよ!!」

「だから、どうするんだろうな俺も…って状態だからよ。そんなに責めるなよ。俺から辞めるって言ったわけじゃねぇんだから」

「じゃあ、なんでそんなこと言い出すんだよ!! それはどういう意味だって聞いてるのに、理由をしっかり説明しろよ!! お前司法試験受けるんだろう? そんなんじゃ短答試験でだめになるぞ!!」

でも、自分から決断してこういう結果になってるわけじゃない英二さんの言葉は、皇一さんをひどく苛々させた。

「————兄貴…。勘弁しろよ」

英二さんはその苛々というか猛攻に巻かれちゃったみたいで、ことの成り行きを順序だてて説明できなくなっていた。

「英二…。本当のこと言ってみなさい。あんたね、自分で辞めるって言ったわけでもないのに、どうしたらパパからリストラ食らうはめになるのよ。それってじつはなんかやったってことなんでしょう? 隠してたことがバレたとか、そういうことなんでしょ? じつは会社のお金、使いこみしてたのがバレたの? それとも商品の横流し!? それって、自分じゃ埋めきれないような額なわけ!?」

「なっ、そんなことしてたのか、英二!! だったらいくら使いこんだんだ!? 相当すごい額なのか!? でも、それなりの額なら俺が埋めてやるぞ。これでも蓄えはあるからな。二億か? 三億か? さすがに十億まではないよな? そもそも会社に、そんな余分な金はないもんな? とにかく俺が埋めてやるから、今すぐ親父に謝っちまえ!! 俺も一緒に謝ってやるから」

それこそ、さすがは英二さんの兄弟だよ…って発想にまでなっちゃって。

「は!? ばっ、馬鹿野郎っ!! 誰がどこの金を使いこむんだよ!! 俺はそんなことしなくたって稼いでるよ!! お前ら俺を犯罪者にするつもりなのか!! 俺がなんのために法学部に行ってると思ってるんだっ!! 司法試験目指してると思ってるんだ!!」

「え？ それは会社内でやばいことが発覚したときに、身内でこっそり片づけるためでしょ？ もしくは、脱税をうまくするためとか。法曹界から政財界にコネを伸ばすとか。やっぱり法律の抜け穴は専門職に聞くのが一番だしね」

「ふっ、ふざけるな!! お前そんなつもりで、俺に大学行けって言ったのか!? どうせなら法学部を受けろって言ったのか!? 法律に精通《せいつう》してる人間がいると便利って、そういう意味だったのかよ!!」

英二さんは半泣きしそうな勢いで、怒っちゃった。

「え？ 当然でしょう。他に理由、ある？ 誰があんたに正義の味方になれなんて思うのよ。どう考えたって水商売系のあんたに法曹界なんて無理に決まってるのに。人様に裁かれる側になったたって、裁く側になることは考えられない性格してるのに」

「――――っ!!」

しかも、怒ったあとはガクッて沈みきっちゃった。

『あーあ…帝子さんってば。それは言いすぎだって。いくら英二さんが自分の適性は心得てるっていったって、そうズケズケと言われたら…ねぇ』

僕はこの光景に、やっぱりママさんの血が一番濃いのは、帝子さんかも。

このぶんじゃ英二さん、しばらくは俺の四年間はなんだったんだ!! 青春返せ～とか思って、立ち直れないかもって思った。

「って、そんな話はどうでもいいのよ!! あんたが悪さしてないっていうなら、どうしたらリストラなのよ!! よりにもよって会社の跡継ぎのはずのあんたが、なんで社員じゃなくなっちゃうのよ!! 問題はそっちよそっち!! パパ、これって一体どういうことなのよ!!」

「帝子…」

「私たちだってパパだって、少なからず英二に服を売ってもらってんのよ!! この二、三年は特にいろんな企画も立ててもらって、製品や人の管理もしてもらって。そういう細かくて面倒なこと、ほとんど今やおんぶに抱っこで任せてるのよ!! はっきりいって、会社管理だけならパパより英二のほうがやってるって状態じゃない。だからパパだって、昔よりゆっくり服が創れるんでしょう？ なのに、どうしてなの？ 英二がいなくなったら困るって、会社が成り立たないって、一番わかってるのパパじゃないよ!!」

でも、このままいったら立ち直れないのは英二さんだけじゃなさそうだった。

「そうだよ。どういうことなんだよ、親父!! 会社そのものもそうだけど、俺になんの相談もなく専属モデルまで切るって、俺には理解できねぇよ。英二は幹部であると同時に、レオポンのイメージモデルでもあるんだ。英二がいるからレオポンがあるんだ。なのに、こんな勝手なまねしやがって。洒落や酔狂じゃすまさないぞ!!」

「皇一、おちつけ少し。お前は長男だろう」

やっとおちついたのに。家族一丸《いちがん》となって、って心底からそういう気持ちになっていたのに。

「なぁ――――親父。俺、事としだいによっては、英二と一緒にSOCIAL辞めるからな」

「雄二!!」

「だって、やっと英二と和解できたのに。俺の服を認めて、その気になってくれたのに。それがこんな形で壊れるぐらいなら、俺はもうガキの頃みたいには我慢しないからな。自分が創りたい服を作るために、英二の服を作るために、今すぐにでもここから撤退するからな!!」

「いい加減にしろ、雄二!! 少しはきちんと英二に説明させろ!! それができないなら、私の話を聞く前に、勝手に御託《ごたく》を並べるな! トップデザイナーである立場を、社員を裏切るような言葉を、そんなに軽々しく口にするな!!」

「――――っ!!」

そういう気持ちだった家族全員が、崩れて壊れて、どうにかなってしまいそうだった。

「お前らもだ、帝子!! 皇一!!」

「っ!!」

「…っ」

けど、それでもやっぱり一家の主《あるじ》は強かった。

積み上げてきたものが違うというか、なんというか。これだけの組織を築きあげてきた。子供たちを育ててきた。そういう年季の入ったパパさんの眼光や怒声は、ここでは誰も敵わないぐらい圧倒的なものだった。

『パパさん…』

「まったくもう、あんたたちは。どうしてこうそろいもそろって英二、英二なんだか。困ったものね。育て方間違えちゃったのかしら？」

「――――ママ」

そして、それは今回については、一歩引いてパパさんの内助《ないじょ》の功《こう》に徹していたママさんにも言えることで――――。

「まぁ、そもそもパパからして英二可愛や、英二第一で、こんな騒ぎを起こしてるんだから。あんたたちには、文句も言えないし、怒るにも怒れないけどね」

ママさんは「思わず怒鳴りすぎてしまった」って顔をしているパパさんの代弁に立つと、みんなに向かって静かに話し始めた。

「――――英二、可愛や。英二、第一？」

「お袋、それって一体!?」

パパさんがデザイナーとしての自分より、会社の社長としてより、どこまでも一人の父親として、英二さんに選択を任せたことを。

「だから、パパだってね。あんたたちに負けないぐらい、英二が可愛いの。万が一にも英二をSOCIALから離すとなったら、レオポンから引かせることになったら、どれだけ会社的にリスクを負うことになるのか、誰よりわかっているの。帝子に言われなくたって、誰に言われなくたって、一番自分がわかってるの。だって、社長なんだから」

「ママ……」

それが場合によっては、もしかしたら皇一さんや帝子さんや雄二さんにとっては、多大な打撃になることだけど。SOCIALそのものにも大打撃になることだけど。

「けどね、パパはパパだから。社長の前に、子供を想う一人のパパだから。だから昨夜《ゆうべ》英二に向かって、〝好きな道を選べばいい〟って言っただけなの。別にSOCIALをリストラしたとかそういうことじゃないの。しばらく家族のことはいいから、会社のこともいいから、一度きちんと自分のやりたいことや好きなことを、見直して人生の行く末を考え直せと言っただけなのよ」

「————……え？　好きな、道!?」

「考え、直す!?」

それでもパパさんが英二さんのパパさんだから、決断をして英二さんに、話を切り出したんだってことを。ママさんは口をつぐんでしまったパパさんの代わりに、みんなに切々《せつせつ》と説明してくれた。

「そう。だって、英二はあんたたちと違って、好きだからこの道に入ったわけじゃないんだもの。家族でいたいっていう、家族の中にいたいっていう、そういう気持ちでこの道にきちゃったんだもの。それは、あんただって知ってるはずよね、皇一。むしろそのことに関してだけは、パパよりもあんたのほうが、知り尽くしてるはずよね？　だって、自分は捨て子だとか思ってあれこれ悩んでた英二に、レオポンって企画を出したのはあんたなんだから。イメージモデルって形で、この業界というかＳＯＣＩＡＬに、ううん…家族に引っ張りこんだのは、あんたなんだから」

「――――それは…!!」

僕は、そんなママさんの言葉を、一生懸命に聞くことしかできなかった。

「それに、それだけじゃない。英二にそれとなく社内の仕事をやるように根回ししたり、会社の運営に携わるように仕向けたのは、知らん顔してるけど帝子よね？　あんたはデザイナーとしての才能には恵まれなかったけど、頭も切れるし回転もいいんだから経営に回ればいいのよって。何もモデルだけしてる必要ないのよって。私たちには逆にそういう才能ないんだから、ＳＯＣＩＡＬって組織そのものは、あんたが継げばいいじゃない。それでちょうどいいじゃないって。会社の跡継ぎ、イコールこれぞ家族の証よって先入観を植えつけて。勉強とモデルだけでも手一杯って英二を、さらによけいなことが考えられないように仕事どっぷりにさせたのは、間違いなくあんたよね？　帝子」

「ママ…」

そんなママさんと必死に話をしている皇一さんや帝子さんの想いも、漏らすことなく聞きとめることしか、できなかった。

「ママね、正直最初は、あんたがただ英二が扱いやすいから、下僕《げぼく》にしてるだけだと思ってた。もののついでに雑用押しつけて、会社のこともどんどんやらせて。どさくさにパパにまで、英二は使えるわよって刷りこみして。それである意味面倒な会社の跡継ぎって肩書きは、英二って方向に持っていっただけだと思ってた。けど、あれはあんたなりに英二を家に繋ぎとめたいって気持ちの形だった。英二に会社を通して、家族である安心感を与えたい、そういうことだった。そうでしょう? 皇一と同じで」

「――……」

「ほらね。こうやって振り返ったら、英二が家の中で自分の意思でやってたことって、雄二との喧嘩ぐらいなのよ。たしかに日々の積み重ねで、自分がSOCIALを切り盛りするんだ。アパレル業界で生きていくんだって思ってたかもしれないけど。それを最初に自分で選んでたかっていえば、そうじゃないの。それがわかったから、パパは一度すべてを白紙に戻せって言ったの。自分を見直せと、言ったの。だって、それで本当にアパレルが好きなんだ。SOCIALで生きたいんだって気持ちになってくれれば、これほどいいことはないでしょう? これからは改めて、心置きなく英二に全部任せるって言えるでしょう? 息子だから跡継ぎなんじゃなく、好きで仕事をしてくれるから任せられるんだって、そういうことになるでしょう?」

特に、パパさんが口にはしなかったけど、すでにそんなふうに思っていたんだ。

決心していたんだってことも。

「だから、英二! あんたもクビになったなんて早合点《はやがてん》しないの!! 何がリストラよ!! これだから所帯持ちはって発想に走るのやめなさいよ。パパはあんたに、有給をやるから考えろって言っただけなんだからね。その間に進みたい道を選べばいい。それがＳＯＣＩＡＬだったというなら、ＳＯＣＩＡＬはお前にもう任せる。雄二にトップデザイナーの座を渡したように、今度は社長の座をあんたに渡すって言ってるだけなんだから」

「――――あ？　俺に!?」

「そうよ。本当ならまだまだ自分がって気持ちでいたんだろうけど。あんたが新生ＳＯＣＩＡＬの企画を立てたときから。それを先月パパに持ってきて、動いていいか？　って聞いてきたときから。パパ、あんたが大学卒業したら、もう第一線は任せようって決めてたのよ。自分じゃそんなこと考えつかなかったからって。やっぱり、デザイナーと社長の二足の草鞋《わらじ》は履き続けられないんだなって。そういう時代なんだなって。落ちこみ半分喜び半分で。でも、それなら自分はデザインのほうにのみ、これからは力を入れようって。英二が作ろうとしている新生ＳＯＣＩＡＬのために。究極の一着を一緒に作っていくために。最高のデザインを生んでいこうって。それこそまだまだ雄二にだってまねできない、自分だからこそ創れる、深みのある一着を。時代を選ばない、そういう一着をってね」

「親父…」

そんなパパさんに対して、英二さんがどんな気持ちなんだろう？　って。やっぱり戸惑っているんだろうなってことも。

「ただね、英二。最高の権力って、最高の責任でもあるのよ。その責任の重さは、権力だけじゃ負いきれないものなのよ。それをパパは誰より知ってる。だからパパはあんたに聞いたの。お前、アパレルが好きか？　って。だって、そういう気持ちが根底になかったら、表裏しているこの二つのものは、一度に背負いきれるものじゃないのがわかってるから。義務や恩だけでは、いつまでも続かないのがわかっているから。だって、雄二や皇一や帝子が今頑張ってるのだって、結局は服を創るのが好きだからよ。好きで始めたからよ。だから厳しい業界だけど、こうやって頑張り続けられるの。スランプになったときでも向かっていけるのよ」

僕は何一つこぼすことなく、しっかりと心に聞きとめておこうって思った。

家族だからこそ聞くことができる、みんなの想いや、本心を――――。

「だから、あんたがもしも素に戻ってもこの業界が、今の仕事が、心から好きだと思えたなら、これからのＳＯＣＩＡＬは、あんたの好きなようにしなさい。そしてもしも他に道を見い出したなら、それはそれでその道を、迷わずに進みなさい。たとえ道は違っても、それでもパパはパパだし、ママはママなんだから。兄弟は兄弟だし、何より菜月ちゃんはずっとあんたの菜月ちゃんなんだから。わかった？　パパが言いたいのは、そういうことよ」

「――――…ああ。わかった」

いつまた英二さんが、今日みたいに「なぁ菜月」って、相談してくるかもわからないから。

一番近くにいる存在として、僕の意見を聞いてくれるかもわからないから。

そのときに精一杯、「僕はこう思うよ」って言えるようにしていたいから。

それが英二さんの求める答えになってるとか、いないとかは別として。

何か答えられるといいな――――って、思うから。

「皇一。帝子。雄二。そういうことよ。あんたたちが英二、英二なのはママもパパもわかってる。いろんな意味で支えにしたり、頼ったり、励みにしていることもわかってる。けどね、だったら気持ちを切り替えなさい。いざというときには割りきって、英二の進路の後押しを、快くしてあげられるだけの気持ちを今この場で作りなさい。それが、本当の家族よ。すくなくとも迷うことなく好きなことやってきたあんたたちには、英二を困らせないのが最低の義務よ。いいわね、特に皇一。雄二。そろそろブラコンは卒業しなさいよ！　弟を溺愛するのもよし。兄を溺愛するのもよし。けど、仕事に私情は持ちこむんじゃないわよ!!」

「――――…お袋」

「…わかったよ」

さすがにママさんみたいに、問答無用!!　ってことは言えないかもしれないけど。

「ついでに、パパもね！　まだまだ頑張ってもらわなきゃいけないんだから、いつまでも何気なくいじけないでよ!!」

「――――っ!!」

「なんだか菜月ちゃんのパパのほうが、英二と仲がいい気がするとか言って。英二はキラキラ親父とか呼んでるけど、本当は朝倉さんのほうが好きなんだろうか？　とか言って。私のことはずっと他人だと思ってたし…。やっぱり英二がさっさとマンション買って家を出たのは、私のことが好きじゃなかったからなのかもしれないとか言って!!　ロンドンから帰ってきて以来、毎晩枕元でブツブツ聞かされてる私の身にもなってよね!!　そんな馬鹿らしい愚痴ばっかり聞かされて睡眠時間を削られるのは、私ももう限界ですからねっ!!」

「――――…」

へー、そうだったんだ!!　それはびっくり!!　ってことも、言えないかもしれないけど。

『ぷっ!!　パパさんってば♡　そんなことママさんに愚痴ってたんだ。英二さんと父さんは、別に仲がいいわけじゃないのに。どっちかっていったら、ライバル関係みたいなものなのに。じつはそういうのに憧れがあるのかな？　父子っていうんじゃなくて、そろそろ歳の離れた男同士の付き合いみたいなのも、したいのかな？』

でも、今日家に帰ったら、「今度パパさんと二人で飲みにでも行ってみれば？　綺麗な女の人とかがいっぱいいるようなところは嫌だけど。ゆっくり男同士で世間話でもして。仕事や家から離れた話とかも、してみるのもいいんじゃない？」って、言えるかもしれない。

なんだかんだいってロンドンにいる間に、一度はうちのお父さんと、そういうこともしてたんだからさ♡　って。

「ところで、話のいきさつはわかったけど。それで俺はこれからどうしたらいいんだ!?　英二の有給って、しばらくいっさいの仕事から離れるって考えていいのか？　ってことは、このドラマの仕事は全面的にキャンセルか⁉　それとも、せっかく宣伝の場を得たんだから、服の提供だけはするって方向に持っていくのか？　英二はともかく、ＴＡＫＡＭＩの服だけは作るのか⁉」

けど、話がひと段落したかな？　ってときだった。

「それを今すぐはっきりと決めてくれ。その決定によっては、俺のスケジュールはそうとう違ってくるんだ。あのプロデューサーが置いていった日程によれば、また肌が曲がるぐらい徹夜が続くかどうかって瀬戸際なんだからよ」

今まで僕と一緒になって、ずーっと口を挟まずに傍観していた珠莉さんが、飯島さんの残していったスケジュール表を片手に、それで現実問題はどうすんだ⁉　って、突きつけてきたのは。

「珠莉」

「珠莉さん」

場合によっては俺は、自分が納得できる採寸のために、今すぐにでもパリに飛ぶんだぞ‼　パリに‼　って、目つきを鋭くしてきたのは。

「――社長、英二、結論は⁉」

珠莉さんが、パパさんと英二さんに向かって返答を求める。

「それは――」

先に言葉を返したのは、パパさんだった。

「────全面的にキャンセ…」

「それはさっき決めたとおり、全面的にGOだ！」

でも、パパさんの言葉をかき消したのは、英二さんの力強いまでの決定だった。

「英二!?」

「英二!!」

そのはっきりとした言葉に、一瞬皇一さんと雄二さんの、期待に満ちた想いが現れる。

やっぱりお前はアパレルが好きなんだよな!!

SOCIALを一緒にやっていくんだな!!　って。

「全面的に、GOか。ってことは、俺は春からはお前のことを、社長って呼ばされるのか？」

そんな期待を全身に表し、珠莉さんは英二さんに向かって微笑を漏らした。

やだな俺…、お前に使われるわけ!?　勘弁しろよって、わざとらしく。

「いや、それはわからねぇ」

「────わからない？」

ただ、そんな珠莉さんの微笑も皇一さんたちの期待も、英二さんの返事で凍りついた。

「ん。素直に言って、わからねぇ。自分が今は何をしたいのか。何が好きなのか。んなこと、よくよく考えたことなんか、昨夜親父に言われるまで、考えたこともなかったからよ。いきなり言われたって、昨日今日じゃ何も見えてこねぇんだ」

「英二…」

帝子さんも、単刀直入に気持ちを吐き出されて、名前を呼ぶ以外の言葉がなくなった。

「ただ、だからって。黙ってぼさっとしてても、いきなり道が見えるかっていったら、それもどうだろうって感じだろう？　だったら、俺は現状維持で行く。今までと同じペースでＳＯＣＩＡＬもレオポンもやって。試験に向けての勉強もして。新しいことも果敢に攻めていく。けど、気持ちだけはこれまでとは変えていく。今やっていることのどれが一番好きなのか。じつはどれも嫌なのか。他に比べるようなものはあるのか。全く新しいものが目に入ってくるのか。そういう細心の意識で物事を見るように、構えて毎日を過ごしていく」

『英二さん…』

「だから、このドラマの仕事は全面的にＧＯだ。これをきっかけに、今度はレオポンではなく、ＳＯＣＩＡＬとしてのＣＭ戦略を打って出る。雄二にも新シリーズを創らせる。新生ＳＯＣＩＡＬへり道のりは決して近くない。それまでに用意したいものも、整えたいものも山ほどある。だから、俺は俺の行く末を見つけられるまで、今はやれることをやる。わがままだとも甘えだとも思うが、そういう有給でいいか？　親父」

でも、それでも。

どんな状況になっても、決して返す言葉を失わない人はいて。

「――それが、お前のやり方ならな」

「サンキュ、親父。そんじゃあ少しばかり、仕切らせてもらうぜ」

英二さんはパパさんからの「お前に任せる。お前自身の選択も。現状のSOCIALも」って、どっしりとした言葉を貰うと、ようやく昨夜からのもやもやがすっきりはっきりとしたって顔をして。珠莉さんが手にしていたスケジュールに手を伸ばし、それをしっかりと受け取った。

「珠莉、今すぐTAKAMIのところに飛んでくれ！」

「――はいよ」

珠莉さんは、英二さんの言葉に快《こころよ》く返事をすると、すぐさま部屋を飛び出した。

「兄貴、姉貴。撮影日までに、モデル役をやる役者の正確なサイズの把握と、それに見合う衣装のピックアップを頼む」

「OK！」

「了解!!」

皇一さんも帝子さんも、なんだかわくわくしながら行動に移った。

「雄二、珠莉が戻ってくるまでに、お前は新作二本だ」

「任せとけ」

雄二さんは、思いがけないところから英二さんの服を、新シリーズを手がけられることになって。今まで以上に目を輝かせていた。

「あとはお袋!!　悪いが、少しばかり空いてる時間を俺に都合してくれ」

「――は？　私!?」

ただ、これで終わりかと思いきや。

いきなり声をかけられて、ママさんは英二さんに「なになに？」って顔をした。

「ウォークを見てくれ。最近舞台から離れてたからよ、少し気合いを入れ直す」

「英二…」

そのお願いの内容に、驚いているというか、喜んでいるというか。とにかくそういう顔をした。

「たとえちょい役だろうが、数分だろうが。モデル・早乙女英二として人前で歩く限り、下手《へた》な歩きは見せられねぇ。ましてやあのＴＡＫＡＭＩとの初競演だ。恥はかきたくねぇからよ」

「いいわよ。私なら、あんたが納得する歩きができるまで、とことん付き合ってあげるわよ」

でも、それはすぐに、厳しくて優しい顔に変わった。

舞台を歩くことでは大先輩であり、先駆者という、一人のモデルさんとしての顔になった。

「ただし、この早乙女京香《きょうか》の特訓に音《ね》を上げずについてこられるならね。私に頼んだ限り、しばらくは足腰立たなくなるぐらいの覚悟はしておきなさいよ」

「脅かすなよ」

でも、本当は。一番そうしたかったんだよね…っていう。そういうママの顔になった。

もしも伝えることのできる心技《しんぎ》があるというならば、誰よりママさんはそれを息子の英二さんに、伝えたかったんだもんね――――って、顔に。

「菜月、すまねぇな。またしばらくバタバタしちまうし、留守がちになっちまうかもしれねぇけど。葉月と一緒に、家を頼むな」

「うん。僕は大丈夫だよ!!　やらなきゃいけない三倍増しの宿題もあるし。英二さんは安心して、今やらなきゃって思うことをして」

そして僕は、みんなのそんな顔を見て安心すると。

「――――あ!?　三倍増しの宿題だ!?　ってことは、結局昨夜は冬休みの宿題が、終わってなかったってことなんだな!!」

「あっ、しまった!!」

誰よりこれが、いつもの英二さんとの調子だよねっていうのに安心すると。

「菜月っ!!」

「ごめんなさーいっ!!」

パパさんやママさんの前というのに、堂々といちゃいちゃ甘々なじゃれ合いをしてしまった。

がんばれ。がんばれ。

僕の最愛の、マイダーリン――――。

5

英二さんも、レオポンも。そしてＳＯＣＩＡＬそのものも、家族のみんなも。

これまでとはいろんなものが急速に変わり始めながらも、舞いこんだ一本のドラマ出演の話には、心地よい緊張感を持って挑んでいた。

皇一さんは皇一さんで。

「これまでの各シリーズから、特にと思うものを三点ずつピックアップ!! ただし、レオポンからの出展はなしだ!! 今回は雄二のほうにすべての足並みをそろえる!! いいな!!」

「はい!! 皇一先生」

帝子さんは帝子さんで。

「とうとつだけど依頼が増えたのよ! これって銀ちゃんの相手役っていうのかしら? 死体と犯人役の女優、二人分の衣装として普段着代わりのスーツを提供することになったわ!! なるべく動きやすくて、かつ派手にドタンバタンされてもライン崩れしないものをピックアップしてみて!! 決定は私がするから!!」

「はい!! 帝子先生」

雄二さんは雄二さんで。

「しばらく籠《こも》るから、誰も声をかけるなよ!! どうしてもって急用のときには親父に持っていけ!!

それでもだめなら親父から俺に声をかけさせろ!!　それ以外は受けつけないから、それだけは全員に言っておけよ!!」

「はいっ!!　雄二先生!!」

そして、それぞれの役割を精一杯に務める子供たちや、その子供たちが自力で起こそうとしている世代交代の行方《ゆくえ》をじっと見つめるパパさんで。

「雄二のやつ…。とうとう私をパシリに指名しやがったな。失礼な…」

今できることをじつに意欲的に、楽しそうに、やっているみたいだった。

『みんな、気合い入りまくりだ…』

特にその中でも、これは見るからに壮絶…って思ったのは、僕が初めて見た〝モデルさんとしての英二さん〟の大特訓で。時間のあるときに社内の大会議室に籠って、ママさんとマンツーマンでひたすら歩き回っていたんだけど…。

「———ほら!　だからそこで腰に力が入りすぎるのよ!!」

「いっ!!」

「あんたの売りが腰のラインだってことはわかるけど、色気は出すぎると仇《あだ》になるのよ!!　強調するのは悪くないけど、ギリギリで品位をキープしなさい!!　それがあんたのウォークの弱点であり、一番の課題よ!!」

「———っ!!」

『うわぁっ、英二さんがバシバシやられてる。ママさん…、いつもよりさらに鬼気《きき》迫ってるぅ』

ただ歩くだけの練習がどれほど過酷なものなのか、身につまされるような光景だった。

「いい、英二!! どんなにあんたがイメージモデルだ、専属モデルだっていったって。その分野の専門職で毎日過ごしてきたわけじゃないのよ!! これ一本って気持ちで世界の舞台を飛び回ってるような、スーパーモデルとはわけが違うの!! 単にキャラ売りして務めてきたぶん、今一度基本を叩き直さなかったら、どんな服を着ようともあんたのほうがただの恥さらしよ!!」

「────っ」

英二さんが、本当に歩くだけの特訓で腰砕けを起こすなんて。

それほどの量を、今さら歩かされるなんて。僕には想像も出来なかったから。

「特に今回は、前回の撮影のときみたいに異性の毒花相手に写真を撮るんじゃないんだから。同性の、しかも現役トップクラスのモデルと一緒に歩くんだから。下手にキャラを全面に出しちゃったら殺し合いになるのよ。それどころか、どんな相手にも調和しつつも自分を際立たせることができる、そういうTAKAMIちゃんが相手なんだから。あんたにも多少の協調性が必要なのよ。いくら雄二が頑張るからって、全部を全部服がフォローしてくれると思うんじゃないわよ!!」

「くぅっ」

ただ、そうなることがわかっていても、自分にあえて一番厳しくしてくれるだろうママさんに指導を願ったのは、たった一人のモデルさんへの対抗意識だった。

ずっと僕も気にはなってたんだけど、TAKAMIさんと呼ばれる人の存在だった。

「いい!!　同じ相手に二度も痛い思いしたくなかったら、その自然に腰から出まくっちゃうフェロモンを抑える努力をしなさいよっ!!」

「わかったよ!!」

『あーあ。どう考えても無理難題って気がするよな。英二さんからフェロモン抜けっていうのは。特に、腰振って生きてるような英二さんなのに。極限まで腰の色気を抑えろっていうのはさ…』

最初僕は、その人はどういう関係の人なんだろう？　英二さんのなんなんだろう？　って、素直に思いを巡らせていた。

ちょっぴりだけど相手を知りもしないのに、へんなやきもちみたいなものも感じていた。だって、今まで英二さんが同業者相手にこんなふうにムキになったことも、自分より秀《ひい》でてるって口にしたことも、見たことも聞いたこともなかったから。

この前出会った季慈さんみたいな、お付き合いの人なのかな？　とは考えたけど。でも、そういうふうにも感じられないし。

どうしてかこれは第六感というかなんというかなんだけど。僕にはその人が絶対に、季慈さんや英二さんやウィルや直先輩とは違う方向の人だろう。どっちか？　って言われたら、僕とか葉月とか珠莉さん寄りのタイプ（早い話、攻めるか受けるかの二分にしたら、受けるほうだ!!）じゃないの？　って気がしたから。

だから、なんだかすごーく。どこからともなく。ムムムって嫉妬《しっと》が沸き起こってたんだ。

「ほら、また腰に力が入る!! だからその癖を取れって言ってるのに!!」

「っ!!」

「あんた何年舞台踏んでるのよ!! 未だにまだモンローウォークしかできないの!? チンピラ歩きしかできないの!? こうなったら一度基本に戻って、行進歩きでもしてみなさい!! ほらっ、恥ずかしがってないで両手振って、一、二、一、二って!!」

「——っ」

ついつい英二さんにも、そのモデルさんってどういう人なの!? って、聞いてしまったんだ。

「あーもー!! へたくそっ!! 幼稚園児にだってできることがどうしてできないの!? だからあんたは小学校の運動会でも中学校の卒業式でも行進っていうと悪目立ちして、私たちに恥ずかしい思いをさせたのよ!! いっそ、自衛隊にでも突っこんでやろうかしら? とにかくその浮かれた腰をどうにかしなさい!!」

「……っっっっ」

『…むごいっ。むごすぎる。これ以上見るのはやめておこう…』

そしたら、返ってきたのは苦笑しながらの答えだった。

〝昔受けてスカン食らった、どこぞの美容師の元専属モデルだった男だよ〟

〝え?〟

聞いちゃってごめんなさい…っていう、答えだった。

〝だから、俺が落とされたときに抜擢《ばってき》された男なんだよ!!　歳は上だしタイプは全く別だが、そいつはそれをきっかけにスターダムにのし上がり、今じゃメンズ界でも五指に入る有名人さ。パリでもミラノでも引っ張り蛸《だこ》で。向こうで何度か顔は合わせたことがあるが、会うたびに存在がデカクなってる、そういうやつだよ〟

〝――…〟

ただ、そういう因縁のある人と再会するからこそ。

全くお互いにとってイレギュラーな舞台とはいえ、同じ土俵で再会するからこそ。

英二さんは持ち前の負けん気を発揮しているみたいで。

それは決して英二さん自身にとってもマイナスじゃないことがわかっているから、ママさんに素直に教えを求めていたんだ。

『会うたびに存在がデカクなってる――――か』

でも、それは英二さんだってきっと同じだよ。

毎日毎日何かの部分で大きくなって、頼もしくって、素敵になってるもの。

僕にとってはどこのどんな人より、極上な男になっているもの。

「あ、そういえば。珠莉さんもう帰ってきてるんだよね。ド修羅場《しゅらば》突入の前に、挨拶だけしていこうっと♡」

僕はママさんと英二さんが頑張っている会議室をあとにすると、珠莉さんがいるテーラーさんたちのお部屋に向かった。

「チーフなら、皇一先生のところよ。多分、雄二先生が出てくる前に、代わりに出来る限りの打ち合わせって感じだと思うけど」

「はい。わかりました」

あまりに忙しそうだったら、黙って帰ろう。

でも、少しでもゆとりがありそうだったら、「頑張ってください」って一言だけ言って。それで今日は引き上げようって思って――――。

『本当に、みんながみんな一丸って感じで。誰と接しても気持ちがいいな…』

ただ、そんな浮かれ気分で皇一さんのところに行くと、

「こんにちっ…」

『わーっっっ!!』

僕はその瞬間に、とんでもないものを見てしまった。

「もっと、そっちじゃねぇよ。そう、そこ…そこがいい。あっ…んっ」

「こうか？　これでご満足か？　女王様♡」

なんで、こういうタイミングに遭遇《そうぐう》しちゃうかな？　って思うんだけど。

僕が飛びこもうとした扉の向こうでは。皇一さんが普段仕事に使っているデスクというか、ゴー

ジャスな革張りの社長さんが座るような椅子では。

腰かける皇一さんに珠莉さんが跨って座っているというか、抱きついているというか。とにかくすることは人並み以上にしちゃってる僕でも、「うわーっっっ」っていうような濡れ場なことになっていたんだ。

「馬鹿言え…。そんなんで満足できるかよ。もっとよこせ…。久しぶりなんだから」

乗っかってる珠莉さんは、ほとんど着崩れしていない皇一さんとは対照的に、ロングシャツ一枚で愛撫されていた。

しかも、そのシャツだってほとんど脱げかかっている状態で。肩も背中も丸出しして。

皇一さんに抱かれているというか、支えられている腰のあたりで、どうにか珠莉さんの下肢を隠すように、引っかかっているだけだった。

そんな乱れに乱れた色っぽい姿で、椅子がギシギシと音を立てるほど。珠莉さんは自ら腰を揺さぶり、皇一さん自身を貪るように堪能《たんのう》していた。

「そうだな。ここのところ、忙しかったからな…」

けど、そんな珠莉さんを皇一さんは、なんだか余裕さえ持って受け止めていた。

「はぁっ、はぁっ…、お前が、英二ばっかりかまってるからだよっ…」

「お前だって英二のために動いてるじゃないか。そのためにパリにまで飛んで、すぐにとんぼ返りしてきてさ」

僕のほうからは、抱きついている珠莉さんの後ろ姿で、皇一さんの姿というか、表情そのものは全く見えないけど。

声というかしゃべりというかがとにかくおちついてて。

見るだけなら女王様な珠莉さんが皇一さんのこと、好き勝手にしているように思えるんだけど。実際はそうでもないのかな？　って感じの光景だった。

「別に、あれは英二のためじゃない…。俺の仕事のためだ…」

「ふ〜ん。お前のね。じゃあ、どうしてそんなに機嫌が悪いんだ!?　お前が社内でこんなに求めてくるなんて、そうとうご立腹くさいぞ」

「それはっ…あんっ…それは」

多分、やってることはやってるのに、話題が仕事がらみだからそういうふうに感じるのかもしれないけど。

「あっ…っんっ!!」

「それはなんだよ」

「それは、帰りがけにふと…。俺がここまで動いてやってるのに。寝ずに働いてやってるのに…。あの野郎…、ＳＯＣＩＡＬを出やがったらただじゃおかねぇって思っただけだよ」

「なに？」

「お前を裏切って…。レオポンから離れやがったら…、殺す!!　って思っただけだよ」

「――珠莉…」

『――珠莉さん…』

いや、その話題があまりにも、僕が立ち去れなくなってしまうようなものだったからかもしれないけど。

「だって、そうだろう？　皇一。俺が、この俺が、これまでに英二に着せる服を、一体何枚作ってきたと思ってるんだ？　お前の愛情を、俺にさえ向けられないお前の愛情を、何枚この手で作ってあいつにやってきたと思ってるんだっ!!」

「――…」

「お前は、お前の持ってる全部を差し出すから、俺にSOCIALにこいと言った。命もプライドも作品も。私産も愛も肉体も。全部をやるから自分だけのものになれと俺に言った。だから俺はお前のもとにきた。SOCIALにきた。なのに…、そこで見たのはお前の馬鹿兄貴ぶりだ!!　溺愛もたいがいにしろよっていう、ブラコンぶりだっ!!　これは俺からすりゃ契約違反だ。お前を恋人としてもテーラーとしても、捨ててもいいぐらいの契約違反だ!!」

僕はうっかりその場から動けないまま、激しくも熱い性交と同時に、これまで覗かせたことさえなかった珠莉さんの本心を、皇一さんへの激愛を、垣間《かいま》見てしまったんだ。

「けど…。けど…。それでも俺は作ってきただろう？　あいつにお前の愛情を伝えるための一枚一枚を、最初の一枚から作ってきただろう？　なのに…。それなのに、今さらなにが好きな道だ!!

新しい道だ!!　そんなもん見つけて進路変更なんかしやがったら、あいつ絶対にぶっ殺す!!　誰がなんて言っても、俺がこの手で絞め殺す!!」

「――珠莉」

「そうじゃなきゃ、俺が貰うはずだったお前の愛情を――返せって言う…。お前のこと…、お前のことだけは、裏切るなって言う…。菜月を残してテメェだけ死にたくなかったら、皇一だけは、レオポンだけは、裏切るなって言う!!」

『――珠莉さん』

皇一さんのこと、求めながらすがりつく珠莉さんが、とても儚《はかな》く見えた。

「何が雄二にこのチャンスはやるだ。新作を、新シリーズを作らせるだ。珠莉…、頼むだ。俺はお前のテーラーだ!!　早乙女皇一の服を作るためだけに、お前のためだけにここにきたテーラーだ!!　俺に作れって言えるのは、頼むって言えるのは、早乙女皇一ただ一人だ!!」

「――…」

道理のわかる大人だから。

地位も立場もある大人だから。

どうにもできないというジレンマに嘆《なげ》く珠莉さんが、僕はとてもいたたましくてならなかった。

「なのに。それなのに。俺はあいつを引き止めるためにも、今は作らなきゃならない。これから作るものがもしかしたら、お前の首を絞めることになるかもしれない。レオポンさえも危《あや》ういものにしてしまうかもしれない。そういう予感がするのに、雄二の服を…作らなきゃ…ならない…」

珠莉さんは全身を震わせて皇一さんに泣きつくと、普段からは考えられないぐらい、弱弱しい声で皇一さんの名前を繰り返した。

「皇一っ…。皇一っ」

「珠莉…。もういい。泣くな…。未来なんか誰にもわからない。英二がどうするのか。レオポンがどうなるのか。SOCIALがどうなるのかさえ、誰も今はわからない」

皇一さんはそんな珠莉さんを抱きしめると、特に口調を変えることなく、優しくなだめた。

「けどな、たったひとつだけ忘れるな。俺は家族を愛してる。特に英二には、あのキャラには、どうしてだか昔から溺れてる。でも、それでも珠莉とどっちを取る？　と聞かれたら、俺は迷わず珠莉だと答える。家族より英二より、珠莉だと答える。それこそ、そうとうあっさりとな」

「――――っえ？」

けど、本当に大切だという想いを伝えた瞬間、皇一さんの声も口調もがらりと変わった。

泣き伏していた珠莉さんの顔が上がり、驚きの声を漏らすほど。

家族や英二さんと話しているときとは、本当に別人？　っていうぐらい、強くて冷ややかで聞く者を圧倒するような。そういうトーンに変わった。

「それに、お前は俺のテーラーだ。一生俺の服を作り続けるテーラーだ。俺はお前の気持ちにも技術にも甘えてきたが。なんだかんだいって、英二も雄二も帝子も親父さえも、お前に甘えてきたが。

それがつらいというなら俺がお前を連れて出る。俺がレオポンを辞めて、SOCIALを出る」

「────皇一」

そして変わったのはトーンだけじゃなくて。

態度というか顔つきというかも、信じられないぐらい変わった。

「だが、出るのは簡単なことだが、その前に覚えておけ。たとえ英二がいなくなっても、俺は俺の力で自分の服は守り続けられる。SOCIALの中でも外でも、生き続けられる。だから雄二がどんな服を創って世に出そうと、俺はビクリともしやしない。なぜなら、俺には俺にしか創れないものがある。コンセプトがある。だからお前に、俺は俺のすべてをやるから俺のものになれと言った。お前を抱いた。心配してくれるのはありがたいが、自分が惚れた男を見くびるな。お前が信じなくて、誰が俺を信じるんだ」

皇一さんは珠莉さんを抱きしめていたまま立ち上がると、突然その体を目の前に置かれていた広いデスクに仰向《あおむ》けに倒した。

「お前の口癖だったあれはどうしたんだ？　最近聞かないぞ？　こいつを世界の一流デザイナーにするのは、一流テーラーの俺だってさ────」

「…っ、あっ、皇一っ」

デザイン画だろうか？　書類だろうか？

机の上に広がっていたたくさんの用紙が、その瞬間にバサッて音を立てると、波紋《はもん》のように広がっては、机の下へと舞い落ちた。

「愛してる、珠莉。たとえお前がお前の才能で、誰の服を作って世に出しても。俺が俺の作品を預けるのは、お前だけだ」

「――っあっんっ。やっ、皇一…、もう…」

机に倒されたというか寝かされた珠莉さんの両脚が、皇一さんの手によって大きく開かれる。

「やっ!!」

次の瞬間には露になった蜜部に、皇一さんを受け止めたのがわかる。

「――っ」

珠莉さんの姿でずっと隠されていた皇一さんの姿が。雄の目をした皇一さんの姿が。僕の前に荒々しいまでに現れた。

「あんっ、っんっ」

「珠莉。なぁ、珠莉。今はやれることをやるしかない。だから、お前には信じてくれとしか言えない。恋人としての俺自身も、デザイナーとしての俺自身も――」

口調はそのままのくせして、このままじゃ珠莉さんが壊れちゃうんじゃないの!?　ってぐらい、激しく攻め立てる。

「…わかった。俺が悪かった。変なこと言いすぎたっ…やっ…、だから、もう…ごめん!!」

珠莉さんは自分が求めていたときには女王様だったのに、もう見る影もない。

『熱砂の獣《オトコ》――』

たった一言のフレーズが、僕の頭を掠《かす》めていく。

「何がわかって、何がもうごめんなんだ。理由はどうあれ、今日はお前が火をつけたんだろう?」

「あっ、でも…、もう本当に…、ぁっ!! そんなに奥まで…やっ!! 熱いっ!!」

それは、皇一さんが英二さんに思い描いた、ある意味架空の獣《けもの》だけど。

熱い男の代名詞だけど。

「何が熱いだ。火がついたが最後。燃え尽きるまで相手をするのも、お前の役目だろう」

「こっ、皇一っ!! ぁっ!!」

「俺のすべて。俺の全部を受け取った、それがお前の役目だ」

「やっ、あんっ! でも、これから、仕事っ!! 俺も仕事がっ!! んっ」

このとき僕はその獣が、じつは皇一さんの中にも眠り続けていたんだってことを初めて知った。

「黙れ! 何が今さら仕事だ。こっちはお前にさんざん煽られて、どうにもこうにもならないんだ!! やめられるか!!」

「やっ、あっ、皇一っ!! 皇一っ!!」

きっとそれを知っていたのは、珠莉さんだけかもしれないけど。

もしかしたら英二さんや他の家族でさえ、気づいていないかもしれないけど。

「――皇一っ!!」

僕はようやく動けるようになった体を部屋の前から移動させると、

『ああっ…。強烈すぎて、しばらく忘れられないかもしれない。英二さん…。お願いだから、今夜は帰ってきてね』

すっかり移されてしまった熱をさげるには、もっともっと熱い英二さんに。

英二さんの肉体に。

どうにかしてもらわなくっちゃだめかも…って思いながらも家路をたどった。


「葉月――――」

「先輩…っ」

なのに、なのに、ああ…っ。

どうしてこういうときに限って、こういうことは続くのかなっっ!!

「可愛いね、葉月。どうしたの？　真っ赤な顔して、恥ずかしいの？」

「だって先輩っ、誰かきたら見られちゃうよ」

僕はたまたま整備中だった、マンションのエレベーターに乗れなかったがために非常階段に回ったんだけど。その途中踊り場で、どうしてか立ったまま絡んでいた、葉月と直先輩に遭遇してしまったんだ。

「そうだね。ごめんね、ドキドキさせて。でも、英二さんのマンションでっていうのは、どうしても気が引けるからね。それに、葉月の部屋は菜月の部屋でもあるし…。何より我慢できなかったんだ。今すぐ欲しいって思っちゃったから…、無理させてごめんね」

「———っあっ、んっ」

さっ、さすがは気がついたら機内のお手洗いでしてしまっていた二人だった。

空の上で二人の楽園を作ってしまうぐらいだから、非常階段なんて地に足が着いてるぶんだけ、マシなのかもしれない。

だから今はまだ、一月だっていうのに!!

コートなしではいられないぐらい、今日だって結構寒いっていうのに!!

「でも、お詫びにこうしてあげるから」

「ひゃっん!!」

「葉月、ここ弄るの好きだろう?」

「あっ、だめっ!! だめだよ、先輩っ。そことそこは一緒にされると、僕だめなのっ!!」

そりゃ、英二さんも英二さんでTPOをわきまえないほうだから、僕には葉月も先輩も責められない。せいぜい、お尻出されて風邪引くなよ、葉月! 先輩も出してるあそこからだけで風邪引くことはないと思うけど、くれぐれも気をつけてね! って心の中で祈るだけだ。

ただ、このラブラブな二組の二連ちゃんは、現在旦那が留守がちっていう僕にとっては、強烈というか、なんというか。

『あーん、英二さんっ!! なんでもするから今夜は帰ってきてよぉっ!! 僕、ここまできて自分でするの、やだぁっ〜』

ますます僕の残り少ない羞恥心を、奪い取っていくばかりだった。


でも、そんなことやこんなことがあった中でも、ドラマ出演のお仕事のほうというか、撮影のほうは準備万端でうまくいって。デザイナー探偵なんとか銀ちゃん!? パリでミラノで…あれれ? なんだっけ?

とにかく、その銀ちゃんの収録というか、英二さんの出番と撮影は、ミラノのコレクション会場に見立てて仮設ステージとして用意された、ホテル・マンデリン東京の大広間(なんの偶然だろう? 季慈さんのところだ)にて、本当に「あっ」というまに終わってしまった。

それこそたった二つ三つの台詞と、何往復かのウォークで、正味三時間もかかったかな? ってぐらいの時間で、しかも一発OKの連続で、さら〜って終わってしまった。

「おつかれ様でした。早乙女さん」

「どうも、ご苦労様でした。早乙女さん」

準備には丸々一週間、それこそ珠莉さんなんかまた寝られない!! って怒ったぐらいの時間が費やされたのに。

前の三十秒のCMを作るのに、英二さんはあんなに大変な思いをしたのに。何分もあるはずのドラマのほうが、こんなにあっさりと終わってしまうなんて。

僕はなんだか「テレビって不思議な世界だな…」としか思えなかった。

「――はい、はーい」

それに、そうか。テレビってそういうこともできちゃうんだ。

僕らが何も考えてなかっただけで、そういうことが当たり前のようにできちゃうんだ！　って思ったのは、英二さんが今回自分的には、何より重視してたというか必死になっていた、TAKAMIさんとの競演マジックだった。

「あ!!　それにしても、早乙女さん!!　本当に今回は説明が行き届いてなかったために、勘違いさせてしまって…すみませんでした!!」

「いんや～別に。よくよく考えたらテレビだもんな。録画したテープを合成編集すりゃ、本人が何もこんな数時間の撮影のために、帰国する必要はねぇんだもんな～。しかもあっちはパリコレ事件に登場で、俺のほうはミラノ事件に登場じゃ、はなから同じ舞台で競演の必要もねぇんだもんな～。そういやパリ・ミラノ連続殺人事件とかなんとか言ってたのを、今日になって思い出したぜ。おかげさまで心よーく、いつもの調子で腰振って歩いちまったぜっ!!」

「早乙女さ～んっ!!　そんなこと言って。TAKAMIさんがこなかったこと、そうとう怒ってるでしょう？　そういうオーラが、みなぎってますよぉっっ」

うん。そうそうなんだ。

可哀想な英二さん。

あんなにあんなに協調性を身に付けるために。ＴＡＫＡＭＩさんと対等に歩くために。ママさんに僕とエッチができなくなるほど（例えは悪いけど、それほどすごいってことだ）、ウォークの特訓を毎日させられたのに。

ＴＡＫＡＭＩさんは撮影現場に現れるどころか、パリに局のスタッフが行って、個別撮影するって条件での出演だったことが、本当に撮影の直前にわかったんだ。

早い話、一人で歩くならモンローウォークでもムーンサルトでも。あれ違う？　確かチンピラ歩きだったっけ？

とにかく、誰にどう合わせるなんてことなく、いつもの調子で一人で歩いてよかったんだ。

ってなると、英二さんの努力が思いきり無駄になった…とは思わないけど。無下《むげ》にされてしまったことはたしかだったんだ。

「怒らないでくださいよ。本当に申しわけないです!!　ＴＡＫＡＭＩさんに用意していただいた衣装は、向こうでの撮影でちゃんと使わせていただきます!!　ＴＡＫＡＭＩさんもスケジュールの都合さえ合えば、早乙女さんとは一度一緒に歩いてみたかったっておっしゃってたんですが…。どうにもこうにもスケジュールが!!」

おかげでキレた英二さんは、ママさんが見たら激怒するような腰フリで。

色気だのフェロモンを抑えるどころか、出しまくりになっちゃって。

絶対にこの数分だけは誰が見ても、主役の銀ちゃん（そもそも新鋭の若手デザイナーって設定だから、三十そこそこのかなり男前の俳優さんだ♡）を食っちゃってるよ!!　って、ノリのウォークをご披露してしまったんだ。

それこそ、正規のレオポンの舞台や、熱砂の獣《オトコ》のときとも違って。

何気ないんだけど「俺様ーっ!!」って台詞まで用意されてたもんだから、ギンギラさがいつもよりも数倍も炸裂《さくれつ》しちゃって。

OKですってカットがかかった瞬間に、その場にいたスタッフに拍手喝《かっ》さいさせてしまったほど、目立ちに目立ってしまったんだ。

はっきり言って誰が主役の銀ちゃんなの!?　って、わからなくなるほど。

早乙女英二って、何者だ!?　って、業界の方々にものすごい印象づけてしまったんだ。

「ふんっ!!　今さらそんなのどうでもいいよ!!　俺がきちんとシナリオを把握してなかったのが勘違いの原因なんだ」

しかも、その強烈な印象に加えて撮影後に暴かれた一つの意外な事実は、そうじゃなくても現在あれこれと迷いに迷い、悩みに悩んでいる英二さんを、ますます困惑させることになった。

「それより、おい飯島!!　一つ聞きたいんだが、どうしてこの仮設スタジオに使われているのが〝ここ〟なんだ?　少ない予算のくせして、なんでマンデリン東京なんてワールドクラスの馬鹿高いホテルの、しかも大広間を貸し切って、撮影なんかしてんだよ」

「――――は？　それはスポンサーさんというか、株主さんのご好意で」

「スポンサーに、株主だ!?」

「はい。なんせシリーズ化を狙った第一作目だったので、パリとミラノの連続殺人なんて意気ごんでしまったぶん、海外ロケの費用も加わって、予算が本当にギリギリだったんですよ。いや、実際撮影を目前にしたら足りなくて、事件の進行と解決はやっぱり日本でだな…みたいなことになるほど。それで、わが関東放送の有力株主さんの中から、こちらのホテル・マンデリンさんにご協力いただくことになったんです。いやいや、私の運がよかったのか、なんなのか。たまたまお願いに行ったときに、話のわかる若社長さんにお会いできて。それで早乙女さん同様、快くこちらをご提供していただく運びに――――っっ」

偶然にしては…なんて、僕でさえ思ったこの撮影現場である〝ホテル・マンデリン東京〟のうちわけがわかって。英二さんはその場で飯島さんを締め上げてしまうほど、頭がぐるんぐるんって状態になってしまったんだ。

「って、どうして睨むんですか？　どうして私の首を絞めるんですか？　早乙女さんっ!!」

「それはなぁ、飯島。話のついでにもう一つ聞きたいからだ。正直に言えよ。その、思わず銀ちゃん役にでも抜擢したいほど色男だっただろうマンデリンの若社長に、話を持って行ったのと俺のところに話を持ってきたの、どっちが先なんだ？　あん？」

「え？　ええ!?　それは…、その」

「もしかしたらお前よ。その若社長に今回のこと、入知恵されてきただろう？　そんなに製作の予算がないならスポンサー増やせばいいのにとか。どうせ話が〝デザイナー探偵〟なんて設定なら、いっそアパレル関係者を丸めこめばいいのにとか。そうそう、そういえばＳＯＣＩＡＬなんかいいんじゃないのか〜い？　あそこには専属のモデルまでいることだしねぇ〜。そうそう、シリーズ化したら、毎回本物のモデルを登場させるとかすれば、案外ドラマの目玉になるかもね〜♡　とかよ」

もしかしたら。ううん、もしかしなくても。

この話は、あの橘季慈さんから英二さんに向けられたものだったんだとわかって。英二さんはその相手が相手なだけに、深読みせざるをえない状況に追いこまれてしまったんだ。

「────えっ、え？　どうしてそこまでわかっちゃうんですか？」

「わからいでか!!　ここのホテル・マンデリン東京ってところはな、橘コンツェルンの持ち物なんだよ!!　系列会社にはアンジュっていう名の、乙女の名門ブランド社があるんだよ!!　しかもその若社長が個人的にやってる会社には、あの世界に通用するジーンズブランドの、堕天使《だてんし》ってやつもあるんだ!!　なのに、そういう系列会社を丸無視してるどころか、存在さえ全くわかってないようなお前に、誰がスポンサー協力なんか!!　するはずないだろうが、失礼な!!　ってことは、向こうはすべてを了解して、ＳＯＣＩＡＬを指名したってことだ!!　俺に話を振れば、こういう同じような企みを実行するってわかってて、あえて自社ブランドを無視して俺に話を運ばせたってことだろ

く

――――っ、は…はぁ？　でも、じゃあどうして。あの方は、橘さんは自社ブランドじゃなくて早乙女さんを？　ＳＯＣＩＡＬを？　お知り合いなんですか？　そういう仲の」

決して悪くは取ってないだろうけど、どうして十分自社でできるだろうことを。いや、自社でやったほうが、絶対にメリットがあるだろうことを。あえて俺に？　って。

ＳＯＣＩＡＬに!?　って。

「いや、そういうお知り合いなはずはないんだ。うちはどこまでだってライバル社のはずだからな。だから、お前を締め上げてるんだ。よけいに血圧が上がってんだ。俺は…、俺はまんまと橘季慈に…、何を仕掛けられたんだ!?　ってな」

「――――仕掛けられた？　ですか」

俺は知らず知らずのうちに、一体何を橘季慈さんから、受け取ってしまったんだろう？　って。

英二さんはそればかりが気になったのか、もう終わった撮影のことなんか頭にないって顔になった。

この謎解きが先だってばかりに、思いを巡らせることになってしまった。

6

一人であれこれと思いを巡らせても埒《らち》があかないと判断したのか、英二さんが季慈さんに電話を入れたのはその日の夜だった。

PPPP。PPPP。

「――出ねぇなっ。絶対に、寝てるなんて時間じゃねぇのに。風呂か!?」

PPPP。PPPP。

「って、そもそもそういう時間でもねぇよな。あの人ならこの時間じゃ、まだ会社にいるはずだ。もしかして接待か？　便所か!?」

季慈さんは英二さんとは、それなりに仲がいいみたいだけど。ライバル社の社長さんということもあって、お互いめったに電話はしない相手だった。

「にしても、これだけ鳴らして出ないってことはないいんだが…」

PPPP。PPPP。

「おいおい、もうテン・コールになっちまうぞ。どういうことだ？」

それでも英二さんがかけていたのは、知る人ぞ知る季慈さんのプライベート携帯のスペシャル・ナンバーというものらしく。英二さんいわく、このナンバーにかけて出ないということは、

「まさか――――死んだか!?　拉致《らち》られたか!?」

『え!?』

真顔でそういう心配をしてしまうぐらい、すごいことらしい。

『たった電話に出ないだけで、そういう心配になっちゃうの!?　どういうこと!?』

「季慈さん!!」

英二さんは苛々した顔を一瞬で青ざめさせると、腰かけていたソファから立ち上がると同時に携帯の電源を切ろうとした。

「えっ、英二さん!?」

と、その瞬間だった。

〝――――もしもし。何?〟

「季慈さん!!　無事か!?」

ようやく電話が繋がると、英二さんは挨拶もなしに突然安否を確かめた。

僕は近からず遠からずの場所から、同じ緊張感を分け合って季慈さんの返事を待つ。

〝え?　ああ、ごめんごめん。変な心配させたみたいだね。ちょっと手が離せなくって、出るのが遅くなっただけだよ〟

「それ、本当か!?　ちょっと手が離せなかったって――――。テンコール内で出ないときは、生死に関わってるときだって言ってたぐらいなのに…。今、どこにいるんだよ」

〝天国〟

けど、季慈さんから返ってきた答えは、チンプンカンプンなものだった。

「――――あ!?」

〝野暮《やぼ》なこときくなよ。それより用は何？　手短に頼むよ。話が長くなると地獄におとされかねないんだ。待たせてるからさ――――〟

「…あっ、あっ…そうっすか」

『？？？』

英二さんには通じたみたいだけど。

やっぱりこれって大人な会話ってことなのかな？

「じゃあ、単刀直入に。関東放送の件、あれはどういうことですか？　なんであのドラマのプロデューサーを、俺のところにくるように仕向けたんですか？　ＳＯＣＩＡＬが提供に入るように、仕向けたんですか!?」

英二さんは季慈さんの身の上に、特に心配がないとわかると本題に切りこんだ。

〝ああ、あれ？　なんだもう気がついたのか。さすがだね〟

「気がついて当たり前でしょう!!　あんなところに撮影に行けば。どういう意味っすか？　何を企んでるんですか!?　うちに、ＳＯＣＩＡＬに、喧嘩売ったんですか!?」

こんなにストレートに言っていいのかな？

疑っていいのかな？

傍で聞いてる僕がドキドキするほど、英二さんは季慈さんに対してすごい聞き方をしていた。

〝やだな。どうしてそういう捕らえ方するんだよ。なんで素直にいい話をありがとうって言ってこないの？　あの話は、僕から君へのお祝いのつもりなのに〟

「――祝い!?」

〝そうだよ。レスターで会ったときに言っただろう？　結婚のお祝いは改めてするって。なんでも持ってる君に品物を送っても無意味だろうから、こういう稼げるネタをプレゼントにさせてもらったんだよ。ただし、君がＳＯＣＩＡＬとしての提供参加に踏みこまなければ、僕の肩透かしで終わっていたけどね。相変わらず機転が利いてて、嬉しいよ。せいぜい儲けて〟

「――――きっ、季慈さん!!」

けど、そんな英二さんに、全然季慈さんは動じていないようだった。

むしろ、英二さんがこういう聞き方をしてくるのはわかっていた――――っていう対応で。

〝ってことだから。納得できた？　納得できたら切っていいかな？〟

「ちょっ!!　だめ!!　待った!!　そんなんで納得できるはずがないでしょう!!　誰が季慈さんから儲け話を振られて、ただのお祝いだなんて思うんですか!!　たとえ表向きがそういうことであったとしても、俺だけが儲かる話をあなたがわざわざ寄こすはずがないでしょ!!　本当の狙いはなんなんですか!!　ＳＯＣＩＡＬに儲け話を寄こした本当の狙いは。あえて他ブランドにこの話を寄こした本当の狙いは。そんなのないなんて話は絶対に受けつけないですよ!! 俺が納得のいく理由を言ってくれなかったら、このまま電話は切りませんよ。俺が持ってる堕天使の株、今すぐ売っぱらって相場荒らしますよ、季慈さん!!」

それだけに英二さんは、そんなんで誤魔化されるものか!! っていう態度に出た。

〝おいおい。そういう脅かし方は、はっきりいって好きだなぁ。なんだ、去年あたりからうちの株を買いあさって揺さぶってたのは、やっぱりお前か。朝倉菜月なんて投資家の名前は聞いたこともなかったから、ずっと気になってたんだ。レスターでお連れさんに会ったときになんとなくあれ? って思ったんだけど…。そう…。その他人名義で僕に喧嘩を売る準備をしていたの、朝倉菜月さんの従兄弟のウィルじゃなくて、ご実家のコールマン氏でもなくて、ご主人の君のほうだったんだなぁ、早乙女英二〟

「―――!!」

けど英二さんは、これでもかって季慈さんに絡めば絡むほど、なんだかより深いところに追い詰められていくようだった。

何がどうっていうのは、僕には難しすぎてたとえようもないんだけど。

僕なんかが全然理解不能な次元で、この二人は互いに持っているジョーカーの存在でも、探り合っているようだった。

「―――っ…。別に、喧嘩を売る準備なんかしてませんよ。俺は単に儲け口は外さないだけで。それだけ堕天使ってブランドにも信用と愛着を持ってるだけで。嫌だな、そういう解釈は～」

〝こういう解釈はお互い様だろう？　第一、先に仕掛けてきたのはお前だろう!!　僕に仕掛けるってことがどういうことなのか、なんなら今すぐこっちから証明してやろうか？　インサイダー取引は、僕も得意だし大好きだよ！〟

うん。そうだ。

この二人のやり取りは、なんだかトランプゲームにも似ているんだ。

お互いに、親しいからゲームでもしようか？　って距離にはいるんだろうけど。いざ始めてみたら、どれだけ相手にカードがあるのかを読み合っている。

と同時に、お互い常に相手に対して、自分はこういうジョーカーを持っているんですよって見せて、牽制《けんせい》しては相手のほうから「まいった」と言わせるように仕向けているんだ。

「こっ、降参です。勘弁してください。季慈さんが涼しい顔してうちの株をこっそり持ってるのはわかってますから。しかも俺が思わず真似したくなっちゃう、自分所有の他人名義ってやつで」

〝わかってるならいいよ。それじゃあ、そういうことで〟

そして、今回それを言わせたのは季慈さんのほうで…。

ううん。このぶんだと、いつも「まいった」と言わされてるのは英二さんのようで。

「って!!　だから話を終わらせないでくださいって!!　季慈さんが儲かるなら儲かるでもいいんですよ!!　お互いに儲けようねって理由があって今回のお祝いがあるって言うなら納得しますよ!!

けど、うちにあの話を振って、一体季慈さんになんのメリットがあるのか、俺にはさっぱりわかりません!! だからそれだけ教えてくださいよ!! そしたらこの電話切りますから!! 全く無欲ですなんて言葉は、季慈さんが季慈さんであるかぎり、刺し違えても信じませんからね!!」

けど、それでも食い下がる英二さんが、もしかしたら季慈さんは気に入ってるのかな?

かなり好きとかって、やつなのかな?

〝――――しょうがないな〜。お前も。まぁ、だから欲しいと思うんだけどね〟

「――――っ、え!?」

って、そんな域ではなかったみたい。

『え!? ほっ、欲しいって!?』

僕は季慈さんがサラリと口にした問題発言に、思わずよろめきそうになった。当の英二さんなんか、何を焦ったのか受話器を落としそうになったうえに、座っていたソファからずり落ちそうになっている。

『ちょっと待ってよ!! その焦り方ってどういうこと!?』

僕は、一瞬たりとはいえ、ありえないだろう妄想が巡った自分に「バカ!! バカ!!」とか思ってしまったけど。本人からこういう反応というか、態度を見せられると怒りと不安が一緒くたにこみ上げてくる。

〝お前が欲しいよ。本当なら、今すぐSOCIALは辞めて僕のところにこい。僕が全面的にバックアップするから。橘コンツェルンが、世界シェアというフィールドをお前に預けてやるから。今すぐ自分で会社を興《おこ》せ〟

ただ季慈さんの「欲しい」は僕の色ぼけた妄想とは違って、桁違いの「欲しい」だった。

〝お前にアパレル業界は狭すぎるよ。お前は根っからの商売人だからね。しかも、人も時代も動かせる、そういう機転と才能と、力を持った男だ。僕は僕の隣に身を置く男が欲しい。仲よく馴れ合って一緒にやろうとは思わないが、常に鎬《しのぎ》を削《けず》る男が欲しい。だから、お前にはＳＯＣＩＡＬを出てほしい。ひとり立ちしてほしい――〟

こんな「欲しい」、僕は聞いたこともない。

「……っ」

それは言われた英二さんが一番わかってるというか、なんというかなんだけと。

そのあまりに強烈な「欲しい」を食らってしまった英二さんは、しばらく季慈さんに言葉さえ返せなくなっていた。

〝だから僕は仕掛けたんだ。これは目先の利益を目算して仕掛けたわけじゃない。そんなものでは手に入らないもののための仕掛けだ〟

「きっ、季慈さん？」

明らかに、驚きよりも嬉しい――――という気持ちが、素直に英二さんを動揺させていた。

僕にはわかる。

英二さんにとって季慈さんは、誰より「認めてほしい」と思っていた人なんだ。

仕事をしていくうえで、常に意識している人で。ライバルだけど、とても憧れている人で。

遠からず近からずの距離には常にいるんだろうけど。でも、まだまだ自分の先を行っているって認めてる人だから。

そういう人から逆に自分が認められて、欲しいと言われて。

嬉しいんだけど「ありがとう」って言って、それをそのまま受けるわけにもいかないから。ひどく動揺してしまっているんだ。

〝なぁ、早乙女。今回のドラマをきっかけに、新作は作ったんだろう？　この機会を逃すほど、お前は馬鹿じゃない。僕だって最初はそう思った。堕天使でもアンジュでも、新シリーズを立ち上げて世に出すには絶好の話だ。抱き合わせだって。でも、だからこそ僕は、あえてこの話をお前にやった。お前なら必ず受けると思ったからだ。僕が知ってる、早乙女英二なら。現在〝熱砂の獣《オトコ》〟の印象がついてしまってるレオポンは、他デザイナーのものとしては絶対に出してこない。むしろ全く新しいものを出してくる。テレビという世界を利用して、これまでのＳＯＣＩＡＬにはなかったものを。創りえなかったものを。なぜならお前の傍には、それができるデザイナーがいるからさ。早乙女雄二という天才デザイナーが。早乙女英二の魅力を、モデルとしても商人としても、火をつけ生《い》かせる――――そういう男がいるのがわかっているからね〟

「――――!!」

〝そういうことだよ、早乙女。思い出してくれた？　僕があのとき、お前をＳＯＣＩＡＬから略奪したいと言ったことを。この手でお前を売ってみたいと、漏らしたことを――〟

だって、季慈さんが英二さんに企んで求めていることは、僕が聞いたって「すごい」ってわかることだ。

〝いいかい早乙女。これは勝ち戦《いくさ》だよ。だから僕も必要なだけの出資はしよう。だからまずは手始めに、新シリーズをもってＳＯＣＩＡＬを離れろ。僕がアンジュから堕天使を興したように。お前もその新シリーズをもって、自分の会社を興せ〟

何がすごいとか、どうすごいとか。

そういうレベルじゃないってことが鮮明にわかるぐらい、すごいってことだから。

〝新しい時代の新しい服を世に出して、まずは世界にむけての第一歩にしろ。そのために僕が破格のステージ料を払ってまで、もう一人のモデルを使わせたんだから。すでに世界に名の通ってるＴＡＫＡＭＩまで使わせて、新シリーズの宣伝にあてたんだから――〟

世の中にはこうやって人も時代も動かしていく人がいるんだって、実感できるぐらいすごいことだから。

「――…!!　ほ〜。なるほど。それでか。どうりでこのユニットは臭いと思ったんだ。あのぼんくらプロデューサーの浅知恵で。支払える程度の出演料で。しかも、うちみたいに宣伝効果って抱き合わせも、特別に考えられるメリットもないのに、なんで数分たらずの脇役のためにあの強欲な

TAKAMIがこんなちゃちな仕事を受けるんだ？　って。一体なんの気まぐれだ？　とは思ったんだ。なるほど、背後にあんたがいたらそりゃうなずくわ。これがあんたからの仕事なら、受けても絶対に損はないもんな、橘季慈さんよ!!」

とはいえ、そういうものには決して巻かれたくないって思う人はいて。

あまりに巧妙すぎる仕掛けにずぼっと嵌まってしまった自分が、評価される以前に「許せない」とか思ってしまう人はいて。

「あんた、TAKAMIを選んだのはわざとだろう？　同じようなネームバリューのモデルは他にだっている。それこそ二つ返事で受けるやつはそこらへんにだっている。けど、俺を確実に引っ張り出せるのはパリにいるあいつだけだ。昔の因縁がある、TAKAMIだけだからな!!」

英二さんは自分の性格から思考から、何もかもを理解されたうえで仕掛けられたことが、嬉しい反面腹立たしかったんだろう。

TAKAMIさんの件まで仕掛けられたってわかると、ウォーク練習の恨みも加わって、受話器をに噛みつくんじゃないかと思うほど吠えまくった。

〝まぁまぁそうカリカリしないで。この話にSOCIALが動くのは読めたけど、同時にお前を舞台にまで引っ張り出せるかどうかは、わからなかったから。それでちょっとだけ、君が誘われそうな相手役を用意したまでだよ。誘われただろう？　彼のフェロモンもお前に負けてないから♡〟

「――嫌なやつっ」

なのに、季慈さんは自分のしたことのすべてが英二さんにバレたら、こういう態度を取られることまで頭に入っていたようで――――。

〝お互い様なお前に言われたくないね。とりあえず僕の仕掛けに乗ってきたのは、あくまでもそっちの判断なんだから。僕が自分からこの話を、直に持ちかけたわけじゃないんだから〟

最後の最後には、「でも、こういう行動したのは、あくまでも君自身だからね。君の考えだからね」って、軽い口調でオチを付けた。

「だからよけいに腹が立ってるんじゃねぇかっ!! まんまと乗せやがって、くっそぉっっ!!」

どこにどんな仕掛けがあろうとも。誰が英二さんに策略を仕掛けても。それに伸《の》るか反るかは本人次第だから。

英二さんが、これはメリットになるって思って、動くか動かないかのことだから。

季慈さんは「でも、儲かることはたしかなんだから、いいじゃない」って口調で、英二さんの神経を最後まで逆撫でした。

〝ってことだから。こっちの思惑《おもわく》はこれで全部だよ。納得できた? できただろう? この僕が、誰がお互いに儲けましょうねなんて気持ちで、こんな上手《うま》い話を振るかいってことが、嫌ってほどわかっただろう? 僕は僕のメリットのためにしか、骨は折らない主義なんだ。ただし、今回だけは金銭的な利益のためじゃない。僕の今後の励みのためにも、お前を世に出したい。会社から出したい。狭い業界からもっともっと、広い世界に目を向けさせたい。そういう自己満足のためだ。ただし、報《むく》われるかどうかはわからない。そういう覚悟の上のね。それじゃあ〟

ただ、ここまで話を用意して。

力強い誘いと惜しみない協力を英二さんに突きつけたくせに、季慈さんは本当の最後の最後には、「でも、今後のすべては君の判断に任せるから」ってオチをつけて電話を切った。

ここまで仕掛けたのは僕の希望であって、君にそうなってほしいと願ったからこそ振ったチャンスだからって。

けど、それにどう答えるかは君の自由だ。その答えを出すのも君自身だ。

僕はいかなる結果が君から出されようとも、文句を言ったりはしないよ。

だからどうこうとも、言わないよ。

ただ、場合によっては残念だって思うことはあるかもしれないけど、それはそれだから。

それでも僕は君が好きだろうし。きっと気に入っているだろうし。今と関係が変わるわけではないからね。

だから、一度どうするか、考えみて。考えるぐらいは、いいだろう？

ねぇ、早乙女。僕の傍にこないか？

アパレルという一つの世界に囚《とら》われず。

もっともっと広い、僕のいるビジネスの世界に――――って。

「――――ふぅっ。ったく、あの人は」

英二さんは、結局季慈さんから投げかけられた企みの謎解きはできたけど。解かれた謎が英二さんに残したものは、最初に抱いた困惑からしたら、比ではなかった。

僕は、今後の課題だけを突きつけられた形になり、受話器を置くとすっかりうなだれてしまった英二さんを見ると、季慈さんは人に対して、押すことも引くことも絶妙な加減を持っている人なんだなって思った。

もちろん、英二さんに対して見せた態度でしか、僕には計れないことだけど。

でも、それがわかっているからこそ、英二さんは今後の行く末について、ますます悩んじゃうんだろうな…って、思えたから。

『――英二さん』

僕はこのとき初めて、じつはできすぎるっていうのも、案外大変なことなんだな――なんて気がした。

人の持ってる器《うつわ》そのものは、それぞれ違うかもしれないけど。小さな器には小さいなりに。大きな器には大きいなりのものが入って。でも、いっぱいいっぱいになっちゃうって状況があるのはみんな一緒で。それは、誰もが一緒で変わらないんだ。

むしろ、大きい器にはそれだけ大きないろんなことも入ってしまうこともあって。

英二さんに降りかかってくる問題の大きさや悩みの深さは、英二さんが持っている、器そのものを表しているのかもしれない。

なんて、そんなことを考えていると、

「菜月、こい――――」

「え？」

英二さんはため息混じりに席を立つと、僕の腕を掴んで引き寄せた。

「するぞ」

「え!?」

言葉と同時に有無も言わさずバスルームに向かって歩く。

「えっ？　英二さん？」

「悪いが、今の電話ですっかり当てられちまったんだよ」

英二さんは脱衣所までくると、僕の前で着ていたシャツをガバッ！　てはだけた。

惜しげもなく逞しいのに綺麗な胸元を露にし、横に置いてあった洗濯機の上に脱いだシャツを放り投げると、そのまま両手を僕の衣類に伸ばしてきた。

「あの人は、んっとにもーっ。よくもあんだけまともな話をしながらも、平気で腰振ってるよなっ!!

何が、それじゃあだよ。人にこんだけプレッシャーを与えておいて、今頃続きに励んでるかと思うと、負けてなるものかって感じだぜ」

「は？　え!?」

わけのわからないことを言いながらも、僕の衣類をパッパと脱がせた。そしてすっかり僕を丸裸にしてしまうと、自分も残りの衣類を脱いで…。

「ってことだ菜月！　今夜はソープランドごっこ決定だ」

「ええっ!?」

一糸まとわぬ姿になるとバスタオル一枚を引っつかみ、僕をバスルームへと引っ張りこんだ。それどころか、浴槽のふちに腰かけると、

「ほら、このバスタオルを体に巻いて。最初から見え見えだと剥がす楽しみがないからな」

「英二さん？」

英二さんは手に持っていたバスタオルを、女の子みたいに僕の胸から下を隠すように巻いた。そして長い足をガッと開いた前に僕をちょこんと座らせると、

「準備ＯＫ。さぁ菜月、ここで両手をついて可愛らしく〝いらっしゃいませ〟からだ。しっかりしゃぶって一度は先に俺をイカせろよ。あ、そうそうそう。銜えてる途中で〝お客さんご立派♡〟は絶対に言えよ。〝喉に詰まっちゃう♡〟と言えたらそれも言え」

「えーっっっ!?　それとさっきの電話って、どこになんの関係があるのさ!?　どうしたらそういう展開になるの、英二さん!!」

どう考えても僕がこう叫んじゃうようなことを言い出した。

「いや、向こうはきっと社長室かなんかでオフィスラヴだろうからな。だから自宅にいる俺は、風呂場でごっこ遊びに興《きょう》じようかと思って」

「社長室かなんかで、オフィスラヴ…って。うっそぉっ!! てっ、天国ってそういうことだったの!? 季慈さんって、会社でそういうことする人だったのぉっ!?」

「当たり前だろう。あいつは俺より上手《うわて》な社長さんなんだから。言い方悪いがコマシに関しては類《るい》友《とも》ってやつなんだから。第一、男として生まれたからにゃあ自分が昇りつめた社長椅子で、一興をやらかすのはそれこそロマンだ。戦国時代以前からの男の野望さ!! 織田も豊臣も徳川も、みんな必ずやってらぁ！」

いや、言い出すどころか一歩も引かずに、今夜は絶対にやらせる！ って態度に出てきた。

しかも、またわけのわからない時代がかったうんちくをこねて、僕にソープランドごっこしろって言ってきた。

『――そっ、そうだったのか。季慈さんもあの電話中、ずっと皇一さんみたいなことしてたんだ。さすがに相手は美人秘書とかそういう世界だろうけど…』

ただ、そんな無茶なことを言われたことより、僕の頭の中には出会ったときのスーツ姿の季慈さんが巡っていて。

それがこの前見てしまった皇一さんの姿とついついダブって。

〝社長。ぁん、お許しください、社長――ぁっんっ〟

〝だめだよ。今夜は残業だって言っただろう？ これが君の仕事だって、わかってるだろう？〟

〝あんっ、でも、でも、もぅ――社長っ!!〟

『────うわぁっ!!』

ついでに身悶《もだ》える美人秘書（あれ？　でもどうして男の人を想像しちゃったんだろう？　やっぱり皇一さんと置き換えたから？）までセットで想像してしまったら、あまりに違和感がなくて。っていうか、なんでこんなに絵になるんだろう？　っていうぐらいセクシーでアダルトな深夜の残業エッチ光景が勝手に思い浮かんで。

なんだか僕は一気に、怪しい気分になってしまったんだ。

「ほら菜月、今夜はオーラルセックスの真髄《しんずい》を叩きこんでやる。しゃぶれ」

「えっ？　英二さん」

本当なら、大人なんて嫌いだー!!　とかって言ってもいいような話のはずなのに。

どうしてみんなこうなんだよ!!　って思うようなネタのはずなのに。

僕は自分にはまだまだ無縁な〝オフィス〟って響きが、どうしてか禁欲的なのにエロティックな気がして。

やっぱり生徒会室も「えへっ♡」って感じだけど、「革張り椅子のある、社長室かぁ～♡」とか思ったら、先に正直な体のほうが反応してきちゃったんだ。

まだ湯船に浸《つ》かったわけでもないのに、全身がポッとかなっちゃったんだ。

「お前にもいつか社長椅子エッチをたっぷりと堪能させてやるから、今夜はここで付き合え」

「────…英二さん」

とはいえ、僕がそんな妄想に耽《ふけ》ってしまったことは、しっかり見抜かれていて。英二さんはずいぶんと意味深なことを言うと、利き手で僕の頬を撫でてきた。

そしてそのまま僕の顎《あご》を引き寄せると、口では命令口調だったけど、目では懇願に近い感じで「してくれ」ってシグナルを送ってきた。

今夜は一興に狂じたいから。

考えることがありすぎて、投げかけられたものが大きすぎて。もう一度に考えたい気分じゃないんだって。

今夜、考えたい気分じゃないんだって。

だからそんな俺に付き合えって。

お前しかいないんだから。俺に付き合えるのは、菜月しかいないんだから――――って。

『――――っ、よし!!』

僕は、そんな英二さんの気持ちがなんとなくわかったから。覚悟を決めると両手をギュッと握りしめると、心の中で気合いを入れた。

本当ならちょっぴりシリアスムードのまま、いつもよりアダルトチックなエッチにいってもいいんだろうけど。

そこを曲げて、あえて英二さんのお株を奪うことにした。

「いっ、いらっしゃいませ〜♡　菜月ですぅ。よろしくお願いしまーす♡」

実際こんななのかどうかは知らないけど、なんとなくイメージでこんななのかな？　って気がしたから、その場に両手をついてペコッとか頭を下げると、

「きゃっ♡　お客様ったら逞しいのお・も・ち♡　菜月クラクラしちゃ〜う♡　どおしよぉっ♡」

ああ、僕ってば…って思うぐらい声を裏返しちゃって。

しかも目の前に出された英二さんのをツンッて小突いて、キャッ♡　とかしたりしちゃった。

「もぅ、今夜は追加料金抜きで大サービスしちゃうからね♡　うふっ♡」

「――――」

あの英二さんさえ、この手のネタだっていうのに黙らせてしまった。

しまった。やりすぎた？　僕。

「って、こんな感じでいい？　店長さん？」

僕は頑張ったぶんだけ、引かれてしまったことにビクビクすると、英二さんって聞かないで、わざと店長さんって問いかけた。

たしか、英二さんのごっこ設定だと、僕はアルバイターで英二さんが店長とかって役柄だったはずだから。

ここまでしたあとに素には戻りたくなかったし、これはごっこ遊びとしてまかりとおそうとした。

「――っぷっ!!　立派立派。お前絶対に歌舞伎町《かぶき》でナンバー1になって、荒稼ぎできるよ」

すると、英二さんは僕の気持ちをしっかりと理解して。大げさに噴き出してみせると、僕の頬を

もう一度撫でた。

「本当♡」

「ああ、ただし。こっちのほうもちゃんとできればな――――」

そしてそのまま僕の顔を下肢に引き寄せると、僕に英二さんのモノを愛撫させた。

「――――」

僕は躊躇うことなく英二さんのモノを両手で掴むと、口の中へと導いた。

「んっ…っ…んっ」

両手でも擦って、みるみるうちに巨漢となっていく英二さんを貪ると、しばらくは言葉もなくそれを続けた。

「――――っん」

ほんの少しだけ英二さんから吐息が漏れる。

僕の愛撫で、ちゃんと感じてくれている。

『英二さん…っ…』

感じてる英二さんを実感すると、どうしてか僕は自分のほうも高ぶりが増した。

バスタオルに覆われた下肢が、愛撫の激しさが増すとともに反応した。

「菜月、受けろ」

「――――っひゃっ!!」

吐息だけが響きわたる時間が少しばかり流れると、英二さんは上り詰めた証をさっと引き抜き、わざと僕の頬へと白濁を飛ばした。

ツツッて英二さんのが頬を伝うのがわかると、僕のものはさらにグンッて膨らんだ。

「気持ちよかったぜ、サンキュ。今度はお前を気持ちよくしてやらないとな」

英二さんは僕の頬に指先を這わせて白濁を掬《すく》い取ると、それを僕の体に塗りこめるように、鎖骨から胸元へと撫でつけた。

「――ぁっ」

英二さんの手が胸からバスタオルの中へと入ってくると、それはハラリと床に落ち、今の僕の姿を英二さんに晒した。

「待ってる待ってる♡」

英二さんはまだ触れてもいないのに、フェラだけで感じちゃった僕自身に視線を落とすと、そのままの姿勢でしばらくは僕の突起物を弄った。

ねっとりとした指先をコリコリに勃起した乳首に絡め、僕の体から力を奪った。

「――やっぱ、フェラのあとは泡だよな?」

英二さんはそんな僕を見てクスクス笑うと、ボディシャンプーの入れ物に手を伸ばした。

そして、液体のソープを手の平にたっぷりと取ると、そのまま僕の体に塗りこめてきた。

「あっん…っ」

肩から首から胸から、英二さんの両手がソープで滑る。

原液のままだから、ぬるぬるしていても、あまり泡は立っていない。

「ほら、それを自分でも体に満遍《まんべん》なく伸ばしたら、そのまま俺に抱きついて体で体を洗ってこい」

「────え？」

でも、そんなぬるぬるになっている僕を引いて立たせると、英二さんは浴槽のふちに腰かけたままの姿で僕の体を抱きしめた。

「なーに、簡単だよ。俺の体にお前の体を擦りつけてくりゃいいだけだよ。この前はその可愛いチンチンだけだったけど、今度は全身を擦りつけて。自分が一番気持ちいいところで俺に愛撫してくりゃいいんだよ。こうやってさ」

そして片方の足にっていうか、片方の太腿に僕を跨がせると、そのまま僕に体を揺すらせ、英二さんの体に僕からすりすりとさせた。

「あっん、何？　やんっ」

ぬるぬるとしたソープが体を滑らせて、僕の体が英二さんに絡みつく。

英二さんが空いた手で、自動で溜まりっぱなしになっていた浴槽からお湯を掬い取って僕にかけると、ぬるぬるだったソープは泡立ち始め、ますます滑りをいいものにした。

「このまま体を円を描くように、俺にすりすりしてみな。こう、こうしてさ。今までにはない感覚で、今夜はイケるぞ」

僕は英二さんに誘導されるまま、言われるままにやってみた。

「んっ、あんっ」

なんか、すごいカッコですごいことさせられてるんだけど、滑って擦れ合う体が気持ちよくって。不思議と体は止まらなかった。

「――んっ、あっ…んっ」

いつのまにか英二さんのモノが、僕の脚に擦られて、再びグンってそそり立った。

僕のモノは英二さんのわき腹あたりで、二三度擦られた段階で、とっくに半濁を放ち一度目に達していた。

「すげえ気持ちがいい。お前は?」

「うんっ…、なんか、よくわかんないけど――止まらないっ」

二人の間で泡が立てば立つほど、浴室には淫靡《いんび》な音が響きわたった。

お互いに両手で体を弄りあって、擦りつけ合って。

泡踊りとはよく言ったもので、僕は英二さんにしがみつきながらも、すっかりと踊らされてしまっていた。

「英二さんっ…んっあっ」

「――ほら、そろそろこっちも欲しくなってきただろう?」

「あんっ!!」

しかも、お互いの肉体がどこもかしこも滑るような段階になって双丘を撫でられると、僕は一際甲高い喘ぎ声を漏らした。

ぱっくりと割られている蜜部に、突然泡まみれの指を二本同時に入れられると、僕はあっけないぐらい二度目？　それとももう三度目だった？　ていうエクスタシーに上り詰めてしまって。

「――――っはぁっ、はぁっ、英二っ…さっん」

そこからさらに激しく指を抽挿《ちゅうそう》されたものだから、

「だめっ、やっ、もう…だめっ、英二さんっ」

僕の全身はその場でガクガクとし始めちゃって。英二さんの指をギュウギュウに締めつけてしまって。僕は怖いぐらいの快感から逃れるように、英二さんに抱きついた。

「馬鹿言え。まだ俺のを入れてないだろうが。こんなんで音を上げてどうする」

「だって、あんっ、やっ」

いや、すがりついた、しがみついたという状態で、英二さんの愛撫を受け続けた。

「ほら、そんなにきつくしたら、動けねぇだろう？　俺はそろそろ指の代わりに自分のモノをぶちこみたいんだからよ」

「やっ、だめっ。だめっ」

けれど、そんな僕に駄目押しのように英二さんは二本の指でぐちゃぐちゃにすると、滑りに任せてズルッと抜いた。そしてそのまま僕の片足を持ち上げて、片足ではなく完全に英二さんの両腿を跨がせると、抜いた指の代わりに今度は英二さん自身を、滑りと僕の体重に任せ、ズブリと挿入してきた。

「やぁっっ‼　あんっ‼」

下から突き上げるように、貫かれるように埋めこまれた熱棒を全身で感じると、僕は堪えきれずに悲鳴をあげた。

「ひっゃ、あんっ、やだっっ、あっ、やめて英二さんっ‼」

それは、体に痛みが走ってあげた、悲鳴ではなかった。

そのままの体勢で英二さんにガツガツと腰を揺すられ、僕は快感が強すぎてわけがわからなくなったんだ。

「あんっ。あんっ。だめっ。死んじゃうっ‼　どうにかなっちゃうっ…っ。これ以上は、おかしくなっちゃうよっ‼」

自然に涙が溢れてくる。

こんなにポロポロと零れちゃうのは、初めて以来？　って思うぐらい。

「英二さんっ、やだっ‼」

「やじゃねぇんだよ。これが俺なんだからよ」

なのに、英二さんはやめることもしなければ、手加減なんて素振《そぶ》りも見せない。

それどころか、僕を力の限り抱きしめると、自分自身を埋めこんだまま立ち上がって。僕の体を床に敷いてあったバスマットに寝かしつけると――――。

「ほら、もっと深くまで挿《い》れてやるっ!!」

「あんっ、はぁんっ!!　英二さんっ!!」

僕の両足も腰も浮き上がってガクガクしちゃうぐらい、さらに激しく攻め立ててきた。

「わかってんだろう?　菜月っ。俺が獣だってことは。最初から…、最初のセックスからよ」

「やっ、あんっ。あんっ!!」

「けどな、俺を誘うのも煽るのも、お前なんだよ。俺に歯止めをなくさせるのは、どうしてかお前なんだよ、菜月っ!!」

あまりの強引さに、僕はいつしか悲鳴さえ出なくなった。

喉が渇《かわ》いて、嗄《か》れてきて。

英二さんを受け止める部分も、麻痺《まひ》して何も感じられなくなって。

『英二さんっ、英二さん…』

「菜月、菜月っ」

けど、肉体は極限までイッちゃってるのに。

もう、何も感じられないところまで上り詰めてしまっているのに。

僕の心だけは感じ続けていた。

「菜月、狂うときは一緒だぞ。お前だけは何があっても、俺の傍から離さないからな!!」

この世にただ一人の英二さんを。

世界でたった一人の英二さんを。

僕を狂わす英二さんを。僕の心は悦び勇んで、感じて受け止め、溺れきっていた。

「――――っ!!」

「あっ、英二っ――――っ!!」

たとえ意識が途切れても、僕の心だけは、ずっと英二さんのことだけを求め続けていた。

7

それから二週間もたたないある日のことだった。

とりあえず、誰が何を言おうが企もうが、「今はやれることをやる」としか言えないし。また、できないしって判断したんだろう英二さんは、ますます仕事と勉強の日々に没頭していた。

ただ、そうはいっても心の奥底ではあれこれと悩んでいる英二さんに、世の中はどうしてこうかな？　何もここまで追撃しなくてもいいじゃんよ？　ってことはまだ起こった。

「はぁ!?　次は俺が主役でドラマを撮りたいだ!?　デザイナー探偵銀ちゃんのシリーズはやめて、モデル探偵早乙女英二で新作シリーズを目指したいだぁ!?」

「はい!!　いやいや、もぅ〜。たった数分足らずだったというのに、すっごい大反響だったんですよ、早乙女さんのことが!!　もともと〝熱砂の獣《オトコ》〟のCMで興味を持っていた方から、レオポンのファンの方はもとより。今回初めて早乙女さんというキャラを知った方からも、そりゃもう問い合わせが殺到!!　私も上司も局長までもがびっくり！　これならいっそ彼が主役でドラマを興してもいいんじゃないか!?　って状態で。話がトントントーンって決まりまして。なので、ぜひお願いします!!」

それは、英二さんがいろんな意味でぶちキレて、ついついド派手にモンローウォークしちゃったあのドラマが全国放送されたことがきっかけとなった、大抜擢だったんだけど…。

「あ？　何が、ぜひだ。冗談じゃねぇよ。なんで俺がそんなことしなきゃならねぇんだよ。俺は俳優じゃねぇんだぞ。タレントでもねぇんだぞ。歩くだけならまだしも、芝居なんかできねぇよ」

英二さんは飯島さんが持ってきた話なんか、ほとんど聞く耳持たないって顔して断ってしまった。

「その心配には及びません。最初は誰でも初心者です♡　それに、そもそも演技する必要もありませんから。前回同様実名主演ですし、早乙女さんは早乙女さんのキャラのまんま、そのしゃべりのまんまいってくれればOKですから。台詞覚えは大丈夫ですよ？　なんていっても六法全書が頭に入っちゃうぐらいの記憶力ですもん♡　なので、安心してそのセクシーなお腰をバンバン振ってください!!　そして世の女性のハートをガシッとゲッチューしてくださ～い♡」

「NOだ!!　勝手に御託を並べてんじゃねぇよ。俺の頭にコメディ脚本《ほん》の台詞なんか入る隙間は、一ミクロンだってねぇよ!!　誰がなんと言おうと、どんなにこれが美味しい仕事だとしても、俺はあんなえげつないスポンサーがついてる番組なんかまっぴらごめんだね!!　へたすりゃこの新企画そのものが、あの男の策略かもしれねぇのによ!!」

これも季慈さんからの追撃仕掛けかもしれない――――って判断したみたいで。

今回はSOCIAL本社じゃなくて、マンションにまで出向いてきてくれた話だったけど。出したお茶さえ飲まずに帰れ！　って勢いで、そっぽを向いてしまった。

「は？　それって、ホテル・マンデリンの若社長のことですか？　でしたら今回は全然関係ありませんよ。これこそ正真正銘私の企画!! もちろんシリーズ立ち上げの際には、改めてスポンサー協力をお願いするつもりですが、現段階では何もお話していません。早乙女さんへの依頼が先です。ですからどうぞ安心して、出演依頼を受けてください。モデル探偵早乙女英二! アパレル業界に次々と巻き起こる、怪奇な事件の謎を解く!! めくるめく官能美女たちに囲まれた熱砂の獣《オトコ》が、今目を覚ます!! いいでしょう〜♡」

「――――…」

しかも、あーあー飯島さんってば、またパクリまくってるよ。熱砂の獣《オトコ》ってフレーズまでちゃっかり持ち出して――――ってことを堂々と言ってのけ、英二さんをそっぽ向かせたうえに呆然とさせた。

「ねっ、ねっ、早乙女さん!! もちろん衣装提供スポンサーはSOCIALですよ!! これこそ新作も早乙女さん自身も、ますます宣伝&売っちゃう絶好の企画でしょ〜♡ これで視聴率が取れてシリーズ化が決定すれば、私の地位も上がって、好きな作品が作れてもうバッチリ!! まさに一石二鳥!! 究極の抱き合わせ商法!! この際だから協力し合って、とことん持ちつ持たれつで行きましょうよ〜♡」

すごい。すごいよ飯島さん。

季慈さんとは全くかけ離れたすごさだけど、僕はここまで英二さんを呆れさせた人は見たことないよ。

僕だって葉月だって、ここまでの顔はさせたことないよ。

「早乙女さん!!」

けど、そんなの全然おかまいなしって顔で、飯島さんは英二さんをスカウトし続けた。

お互いの利害の一致をとにかく強調して。

これはメリット以外のナニモノでもないって訴えて。

企画からシナリオまでって、そんなに早くできあがるものなの!?　っていうシナリオと企画表、おまけに撮影スケジュール表まで何パターン（ここだけは、多忙な英二さんに極限まで合わせます!!　って意気ごみの証明らしい）も用意してきて。

それらをテーブルの上に並べてみせると、ここが正念場だと言わんばかりに、英二さんを押しまくった。

「早乙女さんってば!!」

すると、そんな飯島さんに折れたのか。それとも単にうざったくなったのか。英二さんは顔を正面に戻すと、組んでいた腕をさりげなく組み直した。

「おいおい飯島～。お前も心臓に毛が生《は》えてるよな。よくそういうことを平気で言ってくるし、やってくるれるよな。でも、答えはＮＯだ!!　お前みたいに上っ面でしかものを見ない、利害の一言でポンって夢の矛先《ほこさき》まで変えてくるやつとは、仕事なんかできねぇよ」

ギランってまなざしをすると、まるで飯島さんを威嚇《いかく》するように睨みつけた。

「早乙女さん!!　どういう意味ですか？　その〝上っ面でしかものを見ない〟〝利害の一言でポンって夢の矛先まで変えてくる〟って。私は奥の奥まで見越してるから、夢を追ってるから、この話をしてるんですよ!!」

それでも飯島さんは引かなかった。

「ほー。そんじゃあどのあたりが先見で、どのあたりがドリームなんよ。俺はそもそもアイドル気質の人間じゃないし、協調性はゼロだし。何より悪目立ち専門で、とてもじゃねぇけどお茶の間に顔を出すタイプじゃねぇぞ。それにお前の言ってることは、恋にたとえたら〝別れたら次の人〟だ。それもこれまで好きだ好きだって言っておきながら、ちょっと別に男が現れたらさっさといらなくなった男を捨てて、悪びれた顔もせずに乗り換える性悪《しょうわる》女と同じノリだ。そんなやつと組んだところで、第二の銀ちゃんにされない保証はねぇ。そういうのはリスクっていうんであって、メリットとはいわねぇんだよ」

「――――そりゃあ当然でしょう。私は早乙女さんに、恋人になってくれって言ってるわけじゃありません。一緒に仕事がしたいと言ってるんですから。何とぼけたことを言ってるんですか、早乙女さん」

それどころか威嚇する英二さんに対して、開き直ったような態度で話を切り返してきた。

人のよさそうな顔の奥に潜む、本心を突きつけ英二さんを説得…というより、英二さんに喧嘩を売っていた。

「――なんだと!?」

答える英二さんの罵声に、僕の心臓のほうがギュッとなる。

どうしてこんなときに限って、葉月はデートで留守なんだろう?

もう、リビングにはドライアイスが吹きまくりって空気が漂っている。

「勘違いされていると困るので、私の仕事。いやテレビや芸能界っていうのが、どういうところなのかははっきり言っておきます。私たちの世界は人間の持つ〝芸〟を売るところです。それがどういうものかは個々の売りになりますが。極論で言わせていただければ、その人にしかない魅力を売る場所です。ですから、常に仕事に恵まれたかったら、魅力を損なわないことです。使う側にしても使われる側にしても、目移りされない努力と感性を常に磨くことです。ですから臨機応変に乗り換えることが性悪だなんて論法はありません。それが嫌なら人を捕らえ続ける魅力を持てばいい。磨けばいい。それだけのことです。SOCIALさんが常に新作を出していくのと何一つ変わりませんよ」

「――っ」

「だって、そうでしょう? 客はそもそも移り気なものでしょう? 選ぶ権利を持っているものでしょう? それに対して早乙女さんは、いちいち浮気者だって責めますか!? 責めないでしょう!? だったら自分のところのデザイナーに活《かつ》を入れるでしょう? 飽きられないものをまず創れ。人を惹きつけるものを創れって。私は上や視聴者からは言われる立場であり、また役者やスタッフには言う立場であるだけです。ある意味あなたと同じ立場ですよ。なので、あのドラマで私の気持ちや視聴者の心を一番掴んだ早乙女さんにこういう話をすることは、移り気でもなんでもありません。たとえいきなりシリーズ変更をしたところで、ドラマを作るという趣旨《しゅし》そのものは変えていません。私は私の職務を全《まっと》うしているだけです。常に魅力的でいいものを世に出したいと願う、ドリームロードを突っ走っているだけです!! なので、早乙女さんのほうこそ、目先だけで私を見ないでください!!」

けど、それでも。

こういう強気な論法で、しかもそう言われるとたしかに道理は間違ってない――――って主張をされると、英二さんは元が素直なぶんだけすぐに「そうか」という顔になる。

「そりゃ、悪かったな。俺の偏見だったたな。こっちと一緒にされちまったら正当化するしかねぇや。お前にふられた銀ちゃんには気の毒だけどよ」

潔《いさぎよ》く頭もさげるし、同意もする。

これって、協調性っていわないのかな?

人と調和できてるって、いわないのかな?

英二さんは〝自分がモデルとしては使い勝手が悪い〟って思いこみですべてを見ちゃって。そういう言葉が自然に出ちゃうんだろうけど。

僕からしたら、人並み以上に和が持てる人なのに。

和を大事にしているって、人だと思うのに。

「ご理解いただけて、何よりです。早乙女さん」

けど、そう思ったのは僕だけじゃなかった。

どうやら飯島さんも、こういうところまで含めて英二さんに話を持ってきてるみたいで、すぐににっこりと微笑んだ。

「では、それを理解されたうえで、もう一度聞かせてください。この話、受けてもらえませんか？」

だから一緒に仕事がしたいんだって、思いを伝え続けた。

「私は、決して早乙女さんに協調性がないとか、悪目立ちしてるなんて思ったことも感じたこともありません。どうしてご自身でそういう評価をされているのかはわかりませんが、素晴らしい個性と魅力だと思います。おそらくこの業界に生きる者なら、芸能界に生きる者なら、悪魔に魂を売ってでも欲しいと思えるものをあなたは生まれながらに持っています。どうしてそれを武器に世に出ないのか。いや、現在出ていなかったのか。正直私には不思議でなりません。多分、もともと派手な宣伝をしない自社の専属モデル――という肩書きのために、埋もれていた才能だとは思いますが」

「――才能だ!?　この俺の使い勝手の悪い、濃い～キャラがか？」

そしてその思いは、英二さんにとっては、これまで重くのしかかっていたかもしれない。

枷《かせ》とも呼べるものだったかもしれない。

そういう一つのジレンマから、解き放すこととなった。

「濃いキャラのどこが悪いんですか？　同性の目から見たってため息が出そうな容姿に肩書き。他を圧倒する俺様なオーラ。そのくせ、どうしてか容姿と肩書きを裏切らんばかりの、憎めなくて飽きのこないコメディアン気質まであって。モデル業界でそれらがどういう評価になるのかは…すみません。専門外なのでなんとも言えませんが。個性派俳優やタレントとしてなら最高の武器ですよ。テレビ映《ば》えするとかどうこうという以前に、愛してやまないキャラってやつですよ。なんていっても私自身が、じつは早乙女英二という人にかなり参ってますから。プロデューサーという立場からも、一個人の私自身も。一緒にいてとても楽しい、嬉しい人ですからね」

「…飯島…」

そう、それは英二さんとって、強すぎる光ともいえる癖の強い個性へのジレンマ。

何人ものデザイナーが、その個性ゆえに「君は自分の作品には使えないんだ」と口にした、ママさん譲りの極上へのジレンマ。

それを飯島さんは英二さんに向かって、面と向かって「武器だ」と言ったんだ。

それも人が喉から手が出るほど欲っする、「最高の武器だ」と。

「断言してもいいですよ。あなたは、あなたに見合うフィールドに立ったら無敵の存在だ。もしも今それを自分自身に感じていないんだとしたら、それは立つ場を根本的に間違えてるんでしょう」

しかも、それが生かされる場にさえ立てば。見合う場所で発揮さえされれば、無敵なんだって言った。

「立つ場を、間違えてるだと!?」

「はい。モデルとしての早乙女英二も、会社幹部としての早乙女英二も。そして有名大学の法学部で司法試験なんか受けちゃおうとしている早乙女英二も。どれもこれもあなたにとっては、華美な肩書きにしかすぎない。身にまとっているブランド品の時計一つと同じ価値にしかすぎない。けれど、それがすべて自分の魅力として生かされる場所は、たしかに存在しているんです。私は、はっきりいってあなたはテレビ向きの人だと思います。服を売ったり頭脳で生きたりなんて世界が狭すぎます。あなたがあなた自身を売る場所こそが、あなたに一番ふさわしい場所であり、また戦場なんじゃないかと思います」

「――――っ…。俺が、俺自身を売る場所だと?」

「はい。あなたの持っている総合的なエンターテイメント性は、テレビの世界でこそ生かされるものです。人にため息をつかせるほどの、いくつもの魅力と能力を持っている。なのに、そのどれもが決してまがい物ではない。すべてができすぎた嘘のようだが、本物だ。けど、これらはすべて、あなたが天性として授かったものと、そして人並み以上に努力されてきた証とが織り成して完成されてきたものだ。だから、そういう本物が人を魅了し、説得する力となる。認めさせて、受け入れさせる力になる」

しかもその力を生み出しているのは、英二さんが惜しみない努力を積み重ねてきたからで。決して生まれ持った容姿のよさや立場が作ったものではないって言った。

大きな勘違いに悩みながらも。落ちこみながらも。

それでもいつも精一杯に生きてきた。

やれることを全力でやってきた。

そういう前向きで努力家な部分があるからこそ、できあがったものなんだって言った。

「ねぇ、早乙女さん。あなたはとても自信過剰なのに、何気なくそんな自分自身にコンプレックスも合わせて持っている不思議議な人だ。とても賢いのに、天然な馬鹿さ加減も持っていて。危険なのに安らかで。過激なのに臆病で。不埒なようで、紳士的で。そういう相対する人間の中の表裏が、じつにバランスよく保たれていて〝人好きのするあなた〟を作っている――――。これは、私が何より世に出したいと願う、最高の個性だ。人が意識して作れるものではない、なろうとしてなれるものでもない。そういう極上な魅力だ」

多分、僕が知る限りでも、英二さんに同じニュアンスのことを言ってきた人たちはいっぱいいると思う。

家族にしても、周囲の人にしても。

この前の季慈さんにしても。

ただ、それぞれが英二さんに対して提示できるフィールドが違うから、その個性に合わせて物を作ればいいいじゃないか、とか。

そういう個性がすべてじゃないんだから、路線を変えるなり、売りを全く変えればいいじゃないか——って話になるんだ。

どんなに英二さんの個性も魅力も認めて褒めたたえることはしても、「これなら生かせるぞ」って言いきれるものが英二さんの納得できるものではないから、自然にコンプレックスやジレンマとして心の奥底に根づいてしまっていたんだ。

「シリーズ化が無理なら一度でもいいです。そういうあなたを私に売らせてください。お願いします。スケジュールは、この中で一番都合のよい日程でかまいません。シナリオに関しても、ニュアンスが違っていなければ、好きなように自分流のものに変えてくださっても結構です。アドリブの連続になってもかまいません。あなたが〝これが俺だ〟と思うように、ドラマというパラレルワールドの中で、生きてみてください。お忙しいのも大変なのもわかっていますが、どうか…このとおりです!!」

けど、飯島さんは違ったから。

こんなに力強く断定的なものの言い方をする人は、おそらく英二さんにとっては初めてだから。

このフィールドこそがあなたを無敵にする世界なんです。

あなたがあなたのままでいることが、最大限の力を発揮することになるんです!!　そう堂々と突きつけてきた人だから。

「このとおりです!!」

「――――っ……」

だから英二さんは飯島さんに対して、もう一度NOとは言えなくなってしまった。

いきなり目の前に突きつけられた〝新しい道〟に対して、目をそむけることができなくなってしまった。

「――――一度、きりだぞ」

「はい!! ありがとうございます!! まずは一度で十分です!! その後は、結果論でかまいませんから。私は、絶対にあなたはテレビの世界にくるって信じてます。あなたが、早乙女さんが自《みずか》ら、この世界は面白いって言い出すことを、確信していますから」

それが〝好きな道〟になるかならないかは別としても。

一生歩く道になるかどうかは別にしても。

そのジレンマを思わぬ形で解消してくれた飯島さんに、英二さんはNOとは言い続けられなかったんだ。

ただ、そんな話が終わって、撮影の予定もしっかりと立てて、(いやいや、銀ちゃんシリーズ企画&予定をそっくりとモデル探偵に切り替えたから、急とは思えないほどの完璧な予定だった)飯島さんが小躍《こおど》りしながら帰っていくと、英二さんは残されたシナリオを手にポツリと呟いた。

「早く言や、俺は優柔不断なのか?」

頭の痛くなるようなスケジュール表と見比べながらも、自分で自分の首を絞めただけか？　って。

「――どうして？　英二さんは人よりできることが、たくさんあるだけなんじゃないの？　でもって、これをやってほしいって思う人が、たくさんいるだけなんじゃないの？」

だから僕は、そんな英二さんにやっぱり思うがままの思いを伝えた。

僕が今の話をどう受け止めたか。

そしてどう感じたかを、ありのままに伝えた。

「菜月…」

「ただそれに応《こた》えようってしてるだけで。それはサービス精神が旺盛《おうせい》なだけで。それに、ああいう言われ方したら、たいがいは〝うん〟って言っちゃうでしょう。英二さんが言わなくたって、僕のほうが〝うん〟って言いたくなっちゃうぐらい、飯島さんの褒め殺しはすごかったもの。僕これまでに英二さんが、いろんな人からいっぱい褒められてるのを傍で聞いてきたけど。そのたびに、自分が褒められてるみたいで嬉しくなって。僕のダーリンすごいでしょ♡　って、優越感にも浸《ひた》ってきたけど。それでも今日のは本当に心臓鷲掴み!!　って感じだったから。あなたは無敵だ――なんて、強烈すぎたから。もしもそれが本当なら、僕…その姿が見てみたいって思ったから。これまでにないぐらい他を圧倒する英二さんを、素直に見てみたいって思ったから――」

僕は無敵な英二さんが見たいって、きっぱりと言いきった。

「――…」

「もちろん、僕の中ではとっくに無敵なマイダーリン♡　だよ。すべてにおいて英二さんに敵う人なんてどこにもいないし、誰も考えられない。英二さんが世界中で一番すごくて、一番立派な男なの。でも、それでも僕は見たいって思った。飯島さんが言う、無敵な姿を。テレビの中でそれを発揮するという、英二さんらしい姿を。何よりずっとコンプレックスやジレンマだったものが、真の自信に変わったときのエネルギーを、発せられるオーラを、僕は見たいって思ったから」

　これは僕にとっては〝我欲《エゴ》〟でしかないってわかってるけど。

　素敵でカッコよくって、見たことがない英二さんが見たいってだけなのもわかってるけど。

「ねぇ、英二さん。僕にできることは少ないけど、できることならなんでもするから。どんなお手伝いでも頑張るから。これもやれるだけやってみて。モデル探偵、やってみて」

　でも、一緒になって同じことで迷うぐらいなら、やっぱり僕は僕の考えや思いを口にしたほうがいいと思って。

「もしかしたら、俺には探偵職が合ってるかも♡　なんて、意外や意外なものも感じるかもしれないし。テレビとか芸能界とか、やってみたら水が合う――――って、感じるかもしれない。やってみなければわからないことっていっぱいあるよ。やってみてわかることも、きっといっぱいあるよ。だって、少なくとも英二さんは心を動かされたからこそ、これを引き受けたんだ。たとえ一度きりであろうとも、やってみる価値があるって自分で思ったからこそ、引き受けたんだ。その判断に間違いはない。どんなに何がたくさんあっても、すべてを決めているのは英二さん自身だ。

だから、何をしても英二さんにとって無駄なことなんて、きっと一つもないと思う。いつか何かの形で、必ず経験が役に立つよ」

季慈さんの言葉ではないけれど、それでも最後に決断するのは英二さんだから。

なんだかんだいって、決めたことに全力で向かうのが英二さんだから。

「僕が英二さんと付き合ったことで、恋の意味を知ったように。愛の意味を知ったように。何よりこんなに人に夢中になれる、自分自身を知ったように。ね、英二さん」

僕はそんな英二さんの傍にいたから、以前より根性も座ってきたんだし。

半端なことでは、迷ったり泣いたりいじけたりってことも、しなくなったんだから。

自分勝手な妄想で、判断で、英二さんを苦しめるようなこともしなくなったんだから。

だから、僕は僕を鍛《きた》えてくれた英二さんにだからこそ、今の僕を正直にぶつけた。

僕の想いを、真っ直ぐに伝えた。

「そうだな。少なくともこの話は、ミーハーなお前を喜ばせてやれるし、これまでにはない経験にはなる。ＳＯＣＩＡＬにとっても利益になるし」

すると英二さんは、そうか。お前はそれでいいのか。って顔をした。

少なくとも、お前が自分の英二さんはこれでいいって言うなら。すべてが英二さんにとってはプラスになるって思うなら。俺もそれでいいやって思うことにするって笑顔を浮かべた。

「何よりまたお前がやきもちやいて、あれこれと自分からしてくれるようになるかもしれねぇからな♡　菜月」

　ただ、そうやって開き直ると必ずこうなんだから!!　ってことも口にしたけど。

「――やきもち？」

「ああ。すげぇぞこのシナリオ。事件の陰に女ありを地でいった話だ。解決のために必ずネックになる美女を口説《くど》いて堕《お》として口を割る――っていうのが見せ場の一つなんだがな、シリーズ化した暁には、毎回その口説かれ役の美人女優が目玉になるらしい。ったく、００７や虎さんのマドンナ役じゃねぇんだからよって感じの、まさに熱砂の獣《オトコ》のハーレムキング設定だ。まんまパクッてやがる」

　僕はこれが飯島さんが言っていた英二さんの憎めないところであったり、人好きのするところなんじゃないかな？　って思った。

「えっ!?　ええっ!!　口説いて堕として口を割るぅ!?」

「しかも、更に驚いたことには、俺の片腕役になって事件解決に協力してくれるのが、デザイナーの銀ちゃんなんだ。ってことは、特定の女レギュラーを介入させないことで、毎回ころころと女を変える寸法なんだ。男のロマンと願望に走った、皇一兄貴も真っ青なぐらいの作品だな。そういや、これがシリーズ化したら、いずれは一般公募でマドンナを！　なんて企画まで立ててやがった。あなたを一夜限りのシンデレラに――とかなんとか言っててよ。笑っちまうぞ、この企画書。ワンシーズンに一本で、三年先まで考えてやがる。飯島のやつ、俺を餌に今度は季慈さんをスポンサーにする腹なんだろうな。スポンサーと視聴率があれば、それこそテレビは天下無敵だからよ」

常に対局する感情や感覚をバランスよく持っていて。

人間て、そもそもこういうもんだろう？　いろんな顔があって。いろんな気持ちがあって。

時と場合によっては、気が変わってもありだし。立ち振る舞いが変わってもありだし。

だから喜怒哀楽なんて言葉も、存在するんだろう？　って。

そういうのを自然に見せてくれて。

実感させてくれて。

それがなんだか心地いいんだ。

傍にいると、気持ちがいいんだ。

「――……いっ、飯島さんってば」

「ってことだから、俺の無敵な男っぷりを見て、せいぜいやきもちやけよ♡　心身から愛情表現して、また可愛く〝いらっしゃいませぇ～〟って、やってくれよ♡　菜月。今度はイメクラで学生服とか着てほしいな～。ただし、セーラー服じゃなくて、学ランな♡　俺、菜月の制服はブレザーっきゃ知らねぇからよ♡」

まぁ、時にはおいおい。

いや、しょっちゅうおいおいってことは言うけど。

『英二さん。この要求が出るってことは、すっかり立ち直ってるよね。なんてわかりやすいんだろう…本当に』
でも、英二さんだからいいやって思えるのは。
これが英二さんだよって思えるのは。
これこそがみんなに好かれる、英二さんの人となりなんだと思う。
みんなが傍にいてほしい――って、自然と思ってしまう、存在感なんだと思う。

「ただいまー」

「あ、葉月だ!!」

だからきっと、結局あの葉月でさえ懐いちゃったし。

「あん？　あの野郎。最近本当にデート三昧《ざんまい》だな。今夜もこんな時間に帰ってきやがって――って!!　なんだそのカッコは、葉月!!　お前、制服はどうしたんだ!!」

「え？　何って学ランだよ。今日たまたま先輩のうちでそそうしちゃってさ。珈琲《コーヒー》かぶっちゃって着替えを借りたの。ただ、ちょうどいいサイズってないからさ。一番小さいのが先輩が持ってた中学時代のこれだったの。だから着て帰ってきたんだけど…何か、変!?」

こっ、こんな会話もしちゃうように、なっちゃったし。

「――それってお前、ただのこじつけじゃねぇのか？　まんまと嵌められたんじゃねぇのか？」

「え？　何が？」

「いや、なんでもねぇ…。おそるべし直也。いや、まいったぜ。あはははははっ」

「――――？」

僕は今の状態がとっても好きだし、幸せだから、時には語らないでいよう――――とか思うことにした。

『葉月、先輩は中学の頃から私立じゃんよ。制服はブレザーの学校じゃんよ。それ以前に、学ラン真新しいじゃんよ。着せられる前に気づきなよ、それぐらいっ!!　出されたときに疑いなよ、少しぐらいはっ!!』

嘘も方便。沈黙は宝。

ああ――――きっと人って、こうやって大人になっていくんだね。


なんてバタバタとしたことがありながらも、英二さんは春先に放送予定のサスペンスドラマ、

「モデル探偵・早乙女英二誕生!!　アパレル業界に巻き起こる、怪奇な事件の謎を解く。今、めくるめく官能美女に起こされて、熱砂の獣《オトコ》が目を覚ます――――!!」

なんて長ったらしいタイトル（一体どこからサブタイトルなんだろう？）の話の撮影に、取りかかることになった。

「――――英二…」

『珠莉さん…』

ドラマの主役とあって、てんやわんやの大騒ぎになった家族をよそに、ただ一人苦笑を漏らしながらも衣装となる新作を縫《ぬ》い続ける、珠莉さんの気持ちを知ることもなく。

また、僕も英二さんのためには珠莉さんの本心は言わないほうがいいって思ったから、知らせることなく。

英二さんは自分の行くべき道を探し求めて、多忙な中ではあるけど本格的に、テレビという不思議な世界へと足を踏みこませた。

『ごめんね、珠莉さん…』

8

さすがにちょい役で歩くだけ――なんていうのと違って、主役のドラマの撮影はやっぱり大事《おおごと》だった。

「甘い!! こんなチンプな台詞でいまどきの女が堕ちるか!! こんな浅い仕掛けで犯人が口を割るか!! 飯島〜。てめぇ、この脚本勝手にいじってもいいとか言ってやがったが、じつはお前が書いたんじゃねぇのか!?」

海外ロケこそ予算上ないものの、コレクションの舞台や自宅の風景、殺人現場に捜査地域。撮影現場はあれこれ変わるし。

人もワイワイがやがやで賑やかだし。

特に、もともとどこかの芸能プロダクションに所属しているわけでもない英二さんだけに、身の回りをお世話をしてくれるマネージャーと呼ばれる人もいないもんだから、結局時間が許す限りは、ママさんが。それが適わないときには、プロデューサーという立場にありながらも終始飯島さんが、英二さんの手助けというか身の回りの手配をしてくれていた。

「あはは、バレました? じつは昔は脚本家に憧れてたんですよ。なんで、どさくさに自分で書いて企画会議にかけちゃったんですけど…。なんせほら、私ってば早乙女さんみたいに女をなぎ倒して歩いてたような人生送ってないもんで。ついついそのへんが甘くなっちゃうんですよね～」

「んじゃ勝手に直すぞ!!　ちなみに、中盤に出てくる刑法の説明もなってねぇぞ!!　これじゃあ専門用語が多すぎて、一般大衆には意味不明だ。国会討論じゃねぇんだから、難しく語りゃ賢く見えるってもんじゃないんだからよ!!　もっと平たくわかりやすく書き直すぞ!!　めざせ、開かれた法曹界だ!!」

ただ、そういう気配りは行き届いているのが飯島さんだけど、ちゃっかりしているところはちゃっかりしていて。

「おお、さすがは法学部!!　もう、どんどん書き直してください♡　どうせあなたの台詞ですし、あなたのドラマですからね。ただし、ギャラは変わりませんけどね」

「――――飯島…。俺は今、お前に輝かしくも、素晴らしい、一筋の商才の光を見たぞ。お前のほうこそ、住む世界変えるべきなんじゃねぇのか？」

その根底にある計算高さと根性が気に入ったのか、英二さんとはなかなか面白いコンビネーションを発揮していた。

季慈さんと一緒にいたときよりは全然緊張感がないし、同じような仕事の話をしているようにも見えないんだけど。でも、お互いに利用できるところは利用するぞ!!　って精神がよくマッチしているというか、なんというか。

利害の一致って偉大《いだい》だ――――って思わせる仲に発展していた。

それこそ英二さん、このままテレビの世界に永久就職しちゃうんじゃないの!? って思うぐらい。なんだかノンフィクションに近いフィクションという物語の中で、生き生きと〝もう一人の早乙女英二〟を演じていた。

「嫌です。どんなに私自身にそういうものがあったとしても、実際やって失敗したら痛いじゃないですか。ドラマでやるぶんにはフィクションだしご都合主義なので、嘘みたいな儲け話でも絶対に成功しますけど。ノンフィクションの世界で冒険して失敗したら、人生狂っちゃうじゃないですか。そういう意味では、私は堅実型なので。おそらく一生アイラブ♡サラリーマン人生ですね」

「あははははっ。そりゃたしかに、堅実って言葉の真髄だな。なんだかお前なら、いまどき夢のような終身雇用も、夢じゃない気がしてきたぜ。スポンサー選びにも策略が入ってたのが、うなずける。あ、で、ほれ。台詞だけどよ、ここところをこうやって直したからな」

それこそ、共演女優さんたちの何気ない流し目にもムッ!! って感じなんだけど。

僕にはなんだかこっちの「男と男の結束」のほうが気になって。ついつい学校帰りには撮影の追っかけに走ってしまった。

「OKです!! どーぞそれでいっちゃってください♡ じゃあ監督、お待たせしました。シーン123から入ってください!!」

「はいよ!!」

でも、それは僕だけじゃなくて。

「英二〜っ。どうしてあんなやつにあんなに親しげなんだ!? どうして昔からすぐに新しい取り巻きを作っちゃうんだ!? マネージャーは俺がやってやるって言ったのにぃっ。あんなプロデューサーのどこがいいんだ!! 英二っっっ!!」

『雄二さんってば…。僕でさえ学校があるからマネージャーをやらせてもらえないのに。新シリーズをやり始めた雄二さんに、そんなことさせるわけがないじゃないか。どこにそんな暇があるの? まるで銀ちゃんのモデルは雄二さんなんじゃないの!? ってぐらい、若手の天才デザイナーなくせして』

「ああ、カッコイイぞ英二〜♡ 今回の衣装は特にリキ入れたからな〜♡ そこらのベテラン男優も目じゃないぜ♡」

僕よりすごいんじゃ? っていう雄二さんもで。

雄二さんはこのドラマの専属デザイナーという肩書きをフルに乱用しまくって、毎日毎日英二さんの撮影現場にVIP扱いで同行していた。

『あーあー、すっかりスケッチブック持って撮影現場に追っかけするのが日課になっちゃって。これで大丈夫なのかな? むしろ大丈夫♡ とか言われたら、今度は帝子さんだけじゃなくて皇一さんまでいじけそうだけど…』

ま、ある意味頼りがいがある番犬さん(もちろん英二さんに変な虫がつかないようにだ!!)になっている気はしないでもないんだけどね。

「って、それにしても…、今日はホテルでのシーンか。美人女優との絡みか。くっそお～っっっ!!　あの女優、絶対に私情が入ってる顔してやがんな!!　どさくさにまぎれてチューしちゃえとか思ってそうな顔してやがんな!!」

それに、僕には対抗的なことを言ってはくるけど、学校から現場が遠くてどうしよう…とか漏らすと、嫌味は絶対に言うし恩着せがましい素振りも見せるけど、必ず「俺が最寄の駅まで迎えに出てやろうか？」って言ってくれて。

僕をこうやって、英二さんの様子が見れるところに連れてきてくれるんだ。

表向きでは〝同居人〟っていう肩書きしかない僕を。

まさか結婚式までやってる奥さんです!!　とも口にできない僕を。

SOCIALというブランドと、早乙女雄二という名前と、うちの家族ですから――って一言で、当たり前のようにこの場にいられるようにしてくれるんだ。

「菜月、そんなことされたらただじゃおかないって言ってやれよ。素肌に香水の匂いなんか移して帰ってこようもんなら、離婚してやるって言ってやれよ!!」

『――雄二さんってば。そのシーンは昨夜になって英二さんがだだこねて、そうとう書き換えさせたの知らないんだ。キスシーンもベッドシーンも俺の魅力には必要ねぇ!　とか言って。腰までなら見せてやるけど。俺にはこの顔とこの体と熱い台詞がありゃ、生々《なまなま》しいカットなんかなくたって、世のお嬢さんたちをどっぷり堕とせるって言いきって』

それはママさんがきているときでも同じだし、英二さん本人も僕がくるってわかっているときには先に話を通してくれてるけど。

でも、こんだけ忙しくなったら気も回りきらないよって英二さんの状態がわかっているから、それを雄二さんが何気なくフォローしてくれるんだ。

まるで、あの日。

鳥取のホテルで、英二さんの部屋の前で、しゃがみこんで眠ってしまった僕に、黙って毛布をかけてくれたように。

雄二さんは何気ないところで僕に気を遣ってくれるんだ。

『けど、そういう心配を真剣にしちゃうってことは、本当に雄二さんは英二さんのことが大事なんだよね。英二さんが大事だから、僕も大事にしてくれるんだよね』

英二さんが大好きだから。

英二さんのことが、ずっとずっと大好きだから。

だから究極に英二さんがどうにもならないって判断すると、英二さんの代わりに僕に対して気を遣ってくれるんだ。

大事な英二さんが守ろうってしてくれてる僕だから、こういうときだけはやきもちより先に、英二さんの気持ちを優先してくれるんだ。

「——あ、君…たしか菜月ちゃんっていったよね？」

なんて思って撮影を眺めていたら、僕は不意に肩を叩かれた。

「悪いけど、ちょっとだけ聞きたい話があるんだ。いいかな？」

振り返るとそこには、デザイナー役の銀ちゃんがいた。

今日は英二さんがホテルで女性を口説いてほにゃららってシーンが中心のロケだから、銀ちゃんはあまり出番がないらしい。

「え？　僕にですか？」

「――そう。君に。彼のことで、ちょっとね」

いや、本当は「なんとかさん」って、それなりに名の通った俳優さんみたいなんだけど。僕がそもそもそういうのに詳しくないっていうか、興味がないうえに、あまりにも英二さんの「銀ちゃん」呼びが頭の中に定着してしまって。僕はこの人を銀ちゃんとしか覚えられなくなっていたんだ。

『英二さんのことで？』

でも、そんな銀ちゃんが一体、なんの用なんだろう？

僕に英二さんのことで何が聞きたいんだろう？

「すぐにすむから、さ――」

「――――？」

僕はあんまり行きたくないな…って思ったけど、断る理由もないから、雄二さんに一声かけてからその場を離れようと思った。

「英二〜っ!! あぁっっ!! あの女、あんなに近くで俺の英二から口説かれやがって!! 変に自前の台詞なだけに、聞いてて本物くさくて腹が立つーっっっ!!」

『だめだこりゃ。ここで話しかけたら、すごいことになりそう。場合によっては撮影の邪魔になっちゃうよ』

「さ――早く」

「――あ、はい」

でも、結局何も話しかけられないまま、僕は黙って撮影に使われていたスイートムールから離れると、ホテルの廊下を銀ちゃんとともに歩いた。

『あっ!! あれは…、私服? なんだろうけど、間違いない。サングラスかけてて、信じられないぐらいラフラフなカッコしてるけど、橘季慈さんだ!!』

途中のエレベーターで、「もしかして、私服で自社を極秘視察!?」「そういえば、またまたスポンサーとしてホテルを提供してるんだもんね♡」っていう季慈さんと入れ違った。

「――――?」

『あ、気がついた♡ もしかしたら、これから撮影とか覗きにいっちゃうのかな? 英二さんの様子、見にいっちゃうのかな? スーツ姿もカッコいいけど、ジーンズにコットンシャツって姿もすっごい素敵だな〜♡ もしかして、あれが自社ブランドの堕天使ってやつなのかな? 頭だけ下げておこうっと♡』

エレベーターから降りた季慈さん対して、僕と銀ちゃんは入れ違いに乗りこんだから、ほんとうに一瞬だけしか目も合わせられなかったんだけど。

『——わっ♡　通じた。笑ってくれた♡』

でも、僕からのご挨拶は（あ、また謙虚になってる僕♡）ちゃんと通じたようで、季慈さんは口元ではっきりとわかるように僕に微笑むと、そのまま颯爽《さっそう》と通りすぎていった。

レスターでは気づかなかったけど、季慈さんの歩く姿もモデルさん並みだ。

背筋がピッとしてて、どこなしか色気があって。

英二さんのフェロモン出しまくりのウォークとは全然種類が違うけど、全身から品と艶のようなものが漂っていて。うん。その後ろ姿だけでも、目の保養だ♡

「さ、乗って」

「あっ、はい」

『——ああ、悪いけど季慈さんのがカッコイイや。輝きというか、オーラというか。なんかにじみ出ている貫禄とゆとりが違う。やっぱり自社の社長室で美人秘書とエッチしちゃうのが日常な人のフェロモンは、芸能人な銀ちゃんでもそうそう敵わないんだな…』

僕はそれとなくエスコートしてくれる銀ちゃんには申しわけないというか、全く失礼な話だな…とは思いつつも、どうして飯島さんがあんなに必死になって、英二さんを口説いていたのかがわかってしまった。

人間って、その人が持っているきらめきって、職種じゃ決して計りきれないものがあるんだ。比べられないものがあるんだ。

芸能人だからキラキラしてるとか、サラリーマンだからそうじゃないとかってことじゃなく。その人の天性のものとか、積み重ねてきた努力とか。

いろんなものが形になって、オーラになって、そして一番自分に見合う場所で発せられるものなんだ。

季慈さんにとって、おそらくそれは職場なんだ。

いつかママさんが言ってたけど、権力と同じだけの責任を負っている場所だからこそ、それに見合うだけの輝きが自然と発せられるんだ。

たとえ私服で歩いていても。

何一つ飾り立てるアイテムなどなくっても。

そこにいるだけで華になる。光りを放つことができる。

そういう空気を生み出せるんだ。

『あーあ。どうせだったらデザイナーというか英二さんの相棒役、季慈さんだったらよかったのにな。どうして飯島さんってば、季慈さんもスカウトしちゃわなかったんだろう？』

僕は「そんなの無理だってことはわかってるけどさ」ってことを妄想しながらエレベーターを降りた。

あまりに素敵な妄想に気持ちが持っていかれたためか、銀ちゃんに案内されるまま何階か下の部屋に、一緒に入ってしまった。

「――ところで、話ってなんですかって、ちょっ!!」

パタンと扉が閉められた瞬間、銀ちゃんはいきなり顔つきを変えると、部屋の扉に無言でチェーンをかけた。

驚く僕の腕を掴むと、そのまま部屋の奥に引っ張って。

「なっ、やっ!!」

僕の体をベッドに突き飛ばすと、突然覆いかぶさってきた。

僕が着ていた制服を掴むと、力任せに毟《むし》り取ろうとした。

「いやっ!! 何すんだよ!!」

「あばれるなよ。おとなしくしろ!! すぐにいい思いをさせてやる。お前に、快感ってものを教えてやるから」

もみ合ううちに、制服の釦《ボタン》が弾け飛んだ。

リボンタイも解《ほど》けて、見る見るうちに僕の胸元は露にされた。

「やだっ!! 離せっ!! やだっ、いやだぁっ!!」

僕はキスをされそうになって、両手で顔を押さえてしまった。

「――っ!!」

けど、そうしたら抵抗が半減しちゃって、いきなり胸元に顔をうずめられた。

強く吸い上げられて、一瞬悲鳴さえあがらない。

そのまま突起物を嘗め回されて。

絡まれた足の狭間では、前触れもなく股間を突き上げられて。

「いやっ、いゃぁっ!! 英二さんっっ!!」

僕は無意識に英二さんの名前を叫んだ。

「あいつは今頃、ラブシーンの真っ最中だよ。これと同じようなことを、美人女優相手にやらかしてるよ。だったらお前だって、俺とこうなってもいいだろう?」

「英二さんっ!! いやっ!! 助けてぇっ!!」

とにかく暴れて、どうにか男の体を自分から離そうとした。

「おっと、なんだよ。そんなに必死に抵抗して。こういうことが初めてなのか? あんな種馬《たねうま》みたいなフェロモンふりまくってるやつの男やってて、まさか初心《しょしん》だなんて言うんじゃないだろうな?」

ベッドから逃げて、部屋から逃げなきゃって、必死にあがいた。

「まぁ、そんなものはやってみりゃわかるんだろうけどさ。なぁ坊や」

「いやっ!!」

けど、完全に組み敷かれてしまった僕の体は、ビクリともしなかった。

それどころか、どんどん衣類をはがされて。胸もいっぱい…舐められた。

「いやっ!!　なんでこんなことするんだよ!!　どうして僕にこんなことするんだよ!!」

「そんなものは簡単さ。単にあの野郎が一番大事にしているだろうもの、守っているだろうものを壊してやりたいだけさ。あいつは、あの早乙女英二ってやつは。突然現れやがって、俺からいろんなものを奪っていきやがったんだ!!」

「———っ!!」

慣れてるのがわかる。

同時に股間をまさぐられて、僕は必死に意識をそらした。

『感じるもんかっ!!』

僕は英二さんのものなんだから。

僕のすべてが、英二さんだけのものなんだから。

僕の肉体も快感も、ただ一人の英二さんだけのものなんだから!!

「SOCIALの御曹司だか、専属モデルだかしらねぇけど。人がようやく掴んだシリーズもののチャンスを、演技のえの字も知らねぇくせして。芝居の何たるかも知らねぇくせして。いきなり俺を引きずり下ろして主役の座に収まりやがったんだからな!!」

けど、それでも男は容赦なく僕を犯していった。

怒りとやるせなさを爆発させて。どこにも吐き出せなかったんだろう思いを、乱暴な愛撫と言葉に託して、体の中から押し出しているようだった。

「なっ、それじゃあ単なる腹いせじゃないか!!　八つ当たりじゃないか!!」

「そうとも言うな。一般的には」

「一般的じゃなくても、こんなの全国的に腹いせだよ!!　八つ当たりだよ!!　第一、それならそれでもかまわないけど、どうしてそれを僕に向けるのさ!!」

僕は、冗談じゃないよ!!　って思うと、必死に抵抗しながらも叫びまくった。

「英二さんを抜擢してあなたを主役の座から降ろしたのは、飯島プロデューサーなんだから。飯島さんを連れこんで、こういう腹いせすればいいじゃないか!!　それじゃ今後の仕事に差し障るっていうなら、いっそ英二さんに直接当たればいいじゃないか!!　ただし、返り討《う》ちにあっても保証はしないけどね!!」

こんな理にかなわない八つ当たりの的にされてたまるか!!

憂さ晴らしの道具にされて、たまるか!!　って。

「────っ!!　はっ!!　お前、面白いこと言うな。この状況でそういうふざけたことが真顔で言えるなんて。なんか、ツボだな。お前のキャラって♡　いっそあいつをふって俺と付き合わねぇか？　体だけ奪うより、もっとあいつに痛い思いをさせてやれるからな」

「ぼっ、僕はふざけて言ってるんじゃないよ!!　いい迷惑だから、当たるのはやめてって言ってるだけだよ!!　八つ当たりは筋違いだって!!　ただやりやすそうだから、僕が弱そうだから、ターゲットにしてみましたって理由が見え見えじゃないか!!　僕なら力ずくでどうにでもできるって魂胆が見え見えじゃないか!!　馬鹿にするな!!　僕はこれでも早乙女英二の男やってんだぞ!!　伊達にあの獣男の、熱砂の獣《オトコ》の、毎晩相手してるんじゃないんだぞっ!!」

「————っ!!」

力じゃ敵わないのはわかってるけど。

体格も違いすぎて、このままじゃやられる!!　っていうのもわかってるけど。

でもだからって、むざむざやられるものかって気持ちはあったから、せめて言葉で抵抗した。

「はっきりいって、僕はこういう見かけだけど。きっとあなたよりいっぱいセックスしてるよ。どういうのがいいのかも知ってるよ。だって英二さんは極上だからね。モノの大きさもさることながら、セックスのテクニックも演出そのものもとっても上手《うま》いよ!!　なんせ、僕と付き合うまでは世界にちらばるスーパーモデルのお姉さんたちをハーレムに持って、キングオブキングとして君臨してた人だからね!　悪いけど、あのCMは、はったりじゃないんだよ!!　あそこに映ってたお姉さんたちは、全員英二さんのセックスフレンドだったたんだからっ!!」

「あっ、…あれ全部か?」

「多分、実際はあの二〜三倍はいるね。三日に一度は相手を変えられるような人なんだから。は〜いって言ってご飯食べたら、一発やってじゃあね〜って人だったんだから!!　常識じゃ考えられないぐらい、お盛んな人だったんだから!!　あの腰フリ見れば、わかるだろうよ!!」

心では、絶対にお前なんかに負けるもんか!!　奪われるもんか!!　って抵抗した。

「────…」

ただ、あまりに僕がぶち切れて下品に走ったためか、銀ちゃんは絶句して動けなくなった。

ちょっとだけど、銀ちゃんって呼べる顔つきに、戻ってきた。

うん。悪い人じゃないのはわかる。

やってることはどう考えても悪いよ！　ってことだけど。根っから悪人じゃないのは、目を見ればわかってしまう。

いろんな人を見てきたけれど、決して僕が見てきた人たちと違う目を持った人ではないと思うから。

ただ、自棄になってしまっただけだと思うから。

だから、僕はそんな気持ちで言葉を続けた。

「こういう言い方は、生意気だけど。あなたの気持ちは、わからないではないです。役者としての立場や仕事を、畑違いとしかいいようのない英二さんに奪われて。これまでしてきただろう努力とか、苦労とかを、一瞬で踏みにじられて。はっきりいって、理屈じゃ割りきれないんですよね？実力だなんて、もっと思いたくも認めたくもないんだよね？　って、ことだって」

「────お前」

「でも、それでも僕は同情しない!!　別に、世の中思いどおりにならないのなんか、あなただけじゃないもの。英二さんにだって、これまでに苦しんできたことはいっぱいあったもの。僕にだって、人を貶《おとし》めたい。憎くて憎くて、何かして心底から、泣かせてやりたい!! そういう気持ちになったことはあったもの。本当に、相手をコテコテに泣かせたこともあったもの!!」

真っ直ぐに相手の目を見て。

「でも、だからって僕は見るからに弱いものいじめなんかしたことないよ!! 腹いせでこんなことしたことないよ!!」

決して逸らすことなく。

「英二さんだって、物には当たるし壊すし始末に悪いけど。それでも全部自分の中で消化して、そうやってこれまで乗り越えてきたよ!! 自分は傷つけても、決して他人は傷つけなかったよ!!」

僕は僕の持てる限りの力で戦った。

「あなたが英二さんに負けたのは、同じ舞台に立って霞《かす》んじゃったのは、単にそういう根性が足りないからなんじゃないの!? どこに自分のプライドを持つか。自分の一線を保つか。そういうものが違ったから、光り負けしただけなんじゃないの!?」

自分を守るために。

ううん、英二さんを守るために。

「はっきり言って。あなたの立場に英二さんがいたら、実力で奪われたものは実力で奪い返すって言うよ。そのための努力をまずは必死にするよ。人に向けるエネルギーがあるなら、すべてを自分に使いきるよ。だから早乙女英二は無敵なんだから!! どんなことにも負けない。誰にも負けない。

何より自分自身に負けない!!　決して自分は甘やかさない!!　だから英二さんは無敵なんだから!!」

たとえ僕に何が起こっても。

何かがあって力負けして、そういう事態が起こっても。

決してそんな理由じゃ僕のことを嫌いになったりしない。

お前を離したりしない。

そう言ってくれた英二さんを。

英二さんの気持ちを。僕は守るために絶対に戦うことを諦めたりしない!!

「ここまで言ってもわからない。腹いせに何かはしなきゃ気がすまないって言うなら、どうぞ僕に当たって。好きにして」

そういう気持ちで僕は身を起こすと、自分から中途半端に脱がされていた上着を脱いだ。

銀ちゃんは唖然としたままだった。

こんな開き直りにあうとは思っていなかったんだろう。

多分、僕が泣き叫んでそれで終わるって、思ってたんだろう。

「けど、その結果に今以上に男としてのプライドを傷つける覚悟はしてかかってきなよね。僕がこの目で確かめてやるから。この体で比べてやるから!!」

おあいにく様。そんなことで泣くもんか!!

相手の思いどおりになんか、なるもんか!!

「ただし、無理やり奪ったうえに粗末で下手だったら、週刊誌に投書してやるからね!!　ワイドショーのインタビューにも答えちゃうからね!!　駿河銀は粗っチンのうえに早漏で体力なくて、あげに下手くそだって。男として役立たずで、最低だって!!　ついでに陰でバイアグラ飲んでるとか嘘も言ってやる!!　包茎手術も受けたらしいって言ってやる!!」

僕の涙一粒だって、英二さんのものなんだら。英二さんだけのものなんだからっ!!

「それでもいいなら、かかってこいっ。僕の平均は抜かずに最低三発だからな!!　デスマッチだからな!!　ついでに、裸エプロンも見せてくれなかったら、つまんないとか、芸なし芸人とか言ってやるからな!!」

僕は、そんな気持ちでベッドの上に身を投げた。

好きにしやがれ!!　って、両手を広げて大の字を書いた。

「――――馬鹿、それだけ言われてかかっていけるやつがいたら、俺のほうがお目にかかりてぇよ。無敵なのはお前のほうだ。俺はおそれいったぞ、菜月」

「英二さん!?」

ただ、そんな僕の耳に、突然英二さんの声は響いた。

もしかして、僕がいなくなったことに気づいてくれたの？

それとも、雄二さんが？

「やい、銀!!　聞けよ!!　ここは一流どころのホテルでな、扉一個大破したら、えれぇ請求書がくんだよ。おまけにまた嫌な奴に嫌味を言われるハメになるんだ。だから、俺がこのチェーンをぶっち切るほど扉を蹴り飛ばす前に、自分からこの扉を開け。菜月にすまなかったと、両手をついて謝れ!!」

いや違う。英二さんは外から鍵で扉を開けている。

スペアキーを、持っている。

かけられたチェーンに阻まれて、単に飛びこんでこれなかっただけなんだ。ってことは、

『あっ!! そうか、季慈さんだ!! あのとき僕とすれ違ったから。銀ちゃんと一緒にいるところを見てるから!! それできっと…。取ってる部屋を調べてくれたんだ!!』

「――――っ、早乙女」

銀ちゃんは、僕に言われたことがショックだった上に英二さんにまで怒鳴られて。重いため息をつくと、僕のうえから身をずらした。

「そうじゃなければ、俺は今すぐこの扉をぶち壊すぞ。確実にお前のこと締め上げて、殴り倒して、窓から放り投げて殺すぞ」

英二さんの言葉に苦笑しながらも、ベッドを下りて扉に向かった。

「主役を奪い返すチャンスを取るか、今すぐ死ぬか二つに一つだ」

チェーンを外すと、銀ちゃんは自ら扉を開いた。

「すまなかった。悪かった。俺が、おろかだった――――」

英二さんの顔を見ると、それ以上の言葉はなかったんだろう。あとは、静かに頭をさげて、しばらく頭を上げられずにいた。

「――――馬鹿な真似はしても、本当の馬鹿じゃなかったらしいな。前科持ちにならなくて、助かったぜ。銀ちゃんよ」

英二さんはそう言うと、銀ちゃんを避《よ》けて僕のところに駆け寄った。

「待たせたな。悪かったな、菜月。すまない――――」

ベッドに腰かけ、見るからに「やられかかりました」っていう僕を抱きしめると、英二さんが悪いわけでもないのに謝ってきた。

「菜月、ごめんな」

入り口には、雄二さんの姿もあって。

「ごめんね、菜月ちゃん。あのとき、僕が声をかけていれば」

季慈さんの姿もあって。

「英二さん…。英二さんっ…。うわぁぁぁんっっ!!」

僕はなんだか一気に力が抜けると、英二さんにしがみついて泣き崩れてしまった。

「菜月――――」

張り詰めていたものが一気に切れて。涙腺も切れて。そのままわんわん泣いてしまった。

ああ、僕…。やっぱり怖かったんだ。

こんなに、怖かったんだ――――って、感じられて。

「見損なったぞ!!」

「――――っ!!」

ただ、そんな最中にとつぜん激しいビンタと罵声《ばせい》が響いて。

僕は一緒にきていたらしい飯島さんが、銀ちゃんを殴り倒しているのを見て呆然となった。

「お前がこんなことをするなんて。私ってものがありながら、こんなことをするなんて!!」

「だって。だって!! お前があいつとばっかりいちゃいちゃしてるから!! 主役交代はともかくとして。あいつのことばっかりかまうからいけないいんだろうっっっ!!」

いや、僕だけじゃない。

これには英二さんもギョッて感じだった。

「――俳優と、プロデューサーか。まぁ、聞かなくもない関係だとは思うがさ」

「どっちがどっちなんだろう…。僕、判断がつかない」

「ハード系なやつらってことなのかな? でも、性格的には、銀ちゃん受けくさいけど…」

うん。

どうやら銀ちゃんが僕に腹いせしてきた一番の理由は、ジェラシーだったらしい。

それも、仕事のことでもなんでもなく。

恋人がかまってくれないからっていう、なんてまぁ…な。一番強い、ジェラシーから――――。

エピローグ

とんでもなくスリリングな目にあったにもかかわらず、どうしてこういうオチかな？　みたいなことがあったあと、僕は英二さんがその場で季慈さんに手配して取ってくれたホテルのロイヤルスイートルームでシャワーを浴び、再び英二さんにお膝抱っこされると、ようやく心身からおちつくことができた。

「大丈夫か？　菜月」

「ん。もう平気だよ」

さすがにこんなことが起こってしまったために、その日の撮影は打ち切りになり、翌日に今日の残りの分までまとめて撮影――ということになった。

本当は英二さんに、「僕のことは気にしないでいいから続けて」って言ったんだけど。問題は銀ちゃんや飯島さんのほうにもあったから、気をおちつける意味でも撮影は翌日送りになった。

「すまなかったな、本当に」

「やだな。謝らないでよ、英二さん。僕がノコノコついていったのが悪いんだから。注意力が足りなすぎたんだ」

広々としたリビングルームのソファに腰をおちつけると、僕らはお互いの心音を伝え合っていた。

トクン、トクンって響くのが、気持ちいい。

英二さんが気持ちいい。

優しく僕を包みこむ、上質なバスローブより。英二さんが与えてくれる、ブランド服より。

両親の腕より、葉月の腕より。

今となってはやっぱり英二さんが、僕には一番気持ちいい存在だ。

「だから、英二さんは謝らないで。お前がしっかりしてないからって怒ってもいいけど、謝らないで」

「菜月――――」

僕はそんな気持ちよさを堪能したくて、それだけに没頭してしまいたくて、「もうこの話は、ここでおしまいにしよう」って、自分から英二さんの唇にチュッてした。

「んっ…」

二度目はちょっぴり深く口づけた。

『英二さん――――』

英二さんはそんな僕の唇が離れると、抱きしめる腕に力を入れた。

「…お前、大きくなったな」

なんだか改まって、感心したように呟いた。

「え？」

「いや、逞しくなったよな。あの日渋谷の街中《まちなか》で声をかけられたときには、視界に入らないぐらいの存在だったのに。背が低いとかそういうことじゃなくて、なんだか存在感そのものが儚げで。消えちまいそうな感じで。なんか、こいつは守ってやらなきゃって。誰かが守ってやらなきゃって。そういう感じの菜月だったのにな」

「――英二さん」

「それがさ。英二さんがいなきゃ死んじゃう――って言ってた菜月がさ。いつのまにか自分の足でしっかりと立ってる気がするよ。前を向いて歩き始めてる、気がするよ。俺が心配ばっかりかけて、ショックばっかり与えて。気がついたら打たれ強くなっちまったのかもしれねぇけど。ライラの赤ん坊のときにも、雄二とのときにも。親父や季慈さんのときにも。いつのまにか俺のほうがお前に支えられて、助けられてるよな」

まるでそれは、恋人に寝返られたと言って、自棄になっていた菜月はもういないんだな。

自分の弱さが怖いんだと言って、別れ話をしていた菜月ももういないんだなって、言っているみたいだった。

「銀ちゃん相手の切り返しにも度肝を抜かれたが。あれも考えてみたらそういうことの積み重ねで、ああいう無敵な菜月を作ってきたんだろうな」

「英二さん」

今は何もできないけれど――と言いながらも。

菜月はいつのまにか存在しているだけで、ちゃんとオレに対して、いろんなことをしてくれてたんだなよな――――って。

俺がびっくりするぐらい、いつのまにか菜月は強く、逞しくなっていたんだよなって。

「俺も、しっかりしなきゃいけねぇな。あれこれ迷って、あっちこっちに手を出して。菜月をこんな目にあわせてるわけにはいかねぇな。結局、器用貧乏ってことになりかねねぇもんな」

「――――え？　英二さんはお金持ちじゃない」

「いや、そういうことじゃなくよ。半端な気持ちで他人のテリトリーに足を突っこむから、いらねぇ反感も買うんだろうなって。注意力が散漫になって。気が回りきらなくなって。巡り巡って菜月におはちが…ってことにも、なるんだろうなって」

「英二さん…」

ただ、そんな僕のことを確信すると、英二さんは今度は自分のことについて話し始めた。

「だから、二度とこんなことにならねぇように、道ははっきりとしておかねぇとな。誰に何を言われても、俺にはここが戦場なんだよ。ここで俺は戦ってんだから、文句があるなら俺に言えって、胸をはれるようにならなきゃな」

おそらく英二さんの中で、迷いみたいなものが吹っ切れたんだ。

パパさんや季慈さんが投げかけた問いに対して、英二さんなりの答えが見つかったんだ。

「それって、テレビの世界にってこと？　これをきっかけに、芸能人になっちゃうってこと？」

けど、それは内容によっては、喜ぶ人と、悲しむだろう人がいて。

僕は珠莉さんが皇一さんに泣きすがった姿を思い起こすと、英二さんの出した結果を聞くのが怖くなった。

胸が痛くなって、苦しくなって。でも、英二さんの気持ちを惑わすようなことは僕には言えない‼　絶対に言えない‼　そう思ったら、呼吸さえもできなくなった。

「いや。テレビはこれっきりってことだよ。自分を売るための、自分自身を売るためのテレビはこれっきりってことだ」

「――――え？　それじゃあ」

でも、その怖さは英二さんのたった一言で吹き飛んだ。

いきなり目の前が明るくなったような錯覚さえ覚えるほど。僕は英二さんの一言の先に、珠莉さんや皇一さんや、みんなの笑顔が浮かんで見えた。

「ああ。やっぱ、俺はアパレルのほうが好きらしい。雄二や兄貴や姉貴の服を。親父の服を。珠莉たちが作ったＳＯＣＩＡＬの服を、売ってるほうが好きらしい。性にも合うらしい。そのことが、今回ドラマをやってみてよくわかったんだ」

「英二さん‼」

英二さんは自分のことなのに、まいったって顔をしていた。

今さらこんなことに気づくなんて――――恥ずかしいったらねぇよなって、微苦笑を浮かべた。

「作り物の中に入ってみて、初めて気づいたんだよ。同じシーンを何度もやり直せる世界っていうのを体験してみて。やっぱ俺は一発勝負の男だろう？　って。やっぱ俺は〝生〟が一番の男だろうってさ」

けど、それはみるみるうちに堂々とした男の顔になった。

「正直いって、ドラマは面白《おもしれ》ぇよ。いろんな人間がいて。いろんな仕事があってよ。待機中に観察してるだけで、この仕事はやってみて正解だったたって思うよ。ああ、こうやって作ってんだ。こうやって世に出されてんだってわかると、愛着も湧くし。役者やタレントも魅力的だと思うよ。そうやって自分を売ってるんだなって。そのために常に自分を磨いてるんだなって。そういうのがビリビリ伝わってきて。もしかしたら俺も、そういう世界で必死になれるかもしれねぇって、思った」

さんざん迷うこともしたけれど。

その迷宮を自力で抜け出し、光を掴み取った――――っていう、誇らしげな顔になった。

「けど、それでも俺は俺自身を売るより、家族の作った服を売るほうが楽しいやって感じたんだ。撮影中は無意識なんだろうけどさ。撮ったの見せてもらったり、画面で確認してっとさ。どうやっても自分を見せるより、服を見せてるために立ち回ってるよな、俺？　って。そういう自分が映ってることに、気がつくんだ。本当笑えねぇってくらい、俺の中にはいつのまにか、服と一体になってる自分がいるんだよ。ＳＯＣＩＡＬってブランドを最高に着こなすぞって、常に意識してる自分がいるんだよ」

迷ったからこそ、どれほど掴んだ光が強くて輝かしいものだったのかが、俺にはわかったんだって顔になった。

「そしたら。これは、好きとか嫌いとかってところから、始まったものじゃねぇなって悟った。俺の家族でありたいっていう単純な思いこみから、そうなったわけでもねぇなって、改めて確信しちまった。だってよ、俺は産着《うぶぎ》のときからじじいの作った服を着て育ってんだよ。世界のデザイナーが、巨匠と呼ばれるデザイナーが、自分の服を作ってほしいと願った天才テーラー、早乙女仁三郎《じざぶろう》が忙しい仕事の合間に孫のためだけに縫った、そういう服を着て育ってんだよ。しかも、じじいが死んだあとには珠莉がそれをしてくれて。俺のためだけに縫ってくれた服を、売り物にするつもりもねぇ遊び服を、俺はずっと当たり前のように着て今日まできちまったんだ」

と同時に、ようやく見出した光の中には、やっぱりみんなの愛があったんだって、僕にもはっきりとわかった。

珠莉さんが零した涙と想いは、ちゃんと英二さんの中に受け止められていた。

大切に培《つちか》われて、実《みの》りになって。目には見えない支えになって、これまで英二さんのことを育ててきてたんだ。

「よくカッコつけて、この俺が他ブランドなんか着れるかよ！　って言ってたけどよ。あれは専属モデルだからって気持ちがあったら、営業だって気持ちがあったから、口にしてたわけじゃなかったんだなって思ってよ。俺の体が単に贅沢《ぜいたく》に育っちまっただけで。自分に対して愛情のない既製品を受けつけたくないってわがままをぶっこいてただけで。俺はそれほど着るもの一枚に対する愛情みたいなものを、物心つく前からこの体に染みこませてきたんだ――」

そしてそれらはアパレル界に生きる、早乙女英二を育ててきてた。

ＳＯＣＩＡＬという組織に夢と野望の持てる、早乙女英二を育ててきてた。

「…っていうのがわかったらよ、俺が売らなくて誰が売るんだ!?　って思うだろうよ。どんなやつより俺が一番知ってる。ＳＯＣＩＡＬの服のよさを知っている。好きとか嫌いとかそういうじゃれた気持ちだけじゃ言いきれねぇ。俺は俺が知ってるから、それを世に知らしめてぇだけなんだよ。自慢してぇ、だけなんだよ――」

好き嫌いの感情さえ気にもならないほど。

そんな言葉では言い尽くせないほど。

みんなの無償の愛情が、英二さんのことを育ててきてたんだ。

「――英二さん」

「だから、俺はレオポンをこれからもどんどん売っていく。雄二に起こさせた新たなシリーズ、ブランド〝ｎｅｗ―ａｇｅ《ニューエイジ》〟も売っていく。それから俺がこの手で生み出そうと考えた、新生ＳＯＣＩＡＬも作り上げる。至高の一着を作り上げる。これは俺のアイディアだ。俺が創り上げた構想だ。これは家族にだってやれねぇよ。俺がこの手で興すんだ。この手で家族のやつら全員動かして。あいつらに仕事のやりがいと成功を、俺がこの手で与えてやるんだ――」

そして育った英二さんは、その愛情を今度はみんなに返していくために。

貰った以上のものを与えていくために。

一つの進むべき道を見つけて、そして歩くことを決めたんだ。

「そのためになら、俺は俺を売ることもする。どこまでも服を売るための俺なら、飯島がそんな俺でも欲しいと言うなら、脇役限定で貸し出してもやる。これからはもっともっと、テレビって世界もマスメディアも利用する。それじゃあ結局、やることは現状とたいして変わらねぇじゃんよって感じになっちまうが、意識は違う。俺の行動のすべてが新生SOCIALの誕生と、SOCIAL拡大への道しるべだ。今後はそれが俺の選んだ道だと決めて進む――」

新たなシリーズ、ブランド〝new―age〟の販売戦略に。

至高の一着、新生SOCIAL誕生に向けての、事業拡大戦略に。

自分自身の選択と決意で明日からの、ううん――今日この瞬間からの、生きるべく世界に第一歩を踏み出したんだ。

「菜月、そういう俺に、お前はついてこれるか!?」

「――もちろん」

そして、そんな英二さんの隣には僕がいて。

「季慈さんが言うような、季慈さんが手がけるような。スケールのデカイ話はまだまだだぜ。まずはアパレル界を制覇するのが目標だ。新生SOCIALを世界シェアに定着させて、君臨させることが今は目標だ。そういう見た目によらずコツコツってタイプの俺でもいいか？」

「もちろん…。もちろんだよ、英二さん」

僕がいることが許されていて。僕がいることが望まれていて。

僕にとっては、こんな幸せはないよ。

これ以上の幸せなんかないよって、思えることだった。

「――菜月」

「僕はね、僕からは絶対に、英二さんの傍から離れたりしないよ。もしも英二さんが僕を嫌いだって言っても、そんな言葉は信じないし。絶対に別れない!!! って言うし。前に僕が別れるって騒いだときに英二さんが僕の想いを信じてくれたように。僕だって一生英二さんのことも英二さんの想いも、信じ続けるから」

Ｍｙ《マイ》 ｄａｒｌｉｎｇ《ダーリン》――Ｉ《アイ》 ｌｏｖｅ《ラブ》 ｙｏｕ《ユー》

「僕にとって、英二さん以上に大切なものなんかないから。英二さんにとっても、僕以上に大事なものなんかないように」

Ｍｙ《マイ》 ｄａｒｌｉｎｇ《ダーリン》 Ｅｉｊｉ《エイジ》――Ｉ《アイ》 ｎｅｅｄ《ニード》 ｙｏｕ《ユー》

「たとえ英二さんこれからどういうふうになっていっても、どういう立場になっていっても。僕は絶対に傍から離れないから。傍にいられるだけの朝倉菜月に、これからももっともっとなっていくから」

危険で過激で野蛮なダーリン。

「だから、今は何もない僕だけど。これってものも、何もない僕だけど。僕はこれから探すから。必ず英二さんにふさわしい僕になるための、何かを見つけ出してみせるから」

不埒《ふらち》で憂鬱《ゆううつ》で無敵なダーリン。

「英二さんが安心して好きなことができるような、そんな僕に成長するから。いつか英二さんのこと、英二って呼べるような僕に成長するから。だから、ずっと傍において」

世界でたった一人の僕のダーリン。

僕の無敵な、マイダーリン♡

「ずっとずっと。ずーっと。こうして傍に置いてね、英二さん♡」

英二さんと僕の恋は、まだまだ続く。

この恋だけは、未来の果てまで続く。

そうだよね、英二さん。

ずっと一緒に、いようね——♡

無敵なマイダーリン♡　おしまい♡

■あとがき■

こんにちは♡　日向唯稀《ひゅうがゆき》です。

このたびは『無敵なマイダーリン♡』をお手にとっていただき、ありがとうございました。

特に一冊目から読んでくださっている方には、ここまでお付き合いいただけて、感謝でいっぱいです。香住《かすみ》ちゃんにも担当様たちにも大感謝です。ここまで続けられたのは、みなさんのおかげです。いろいろご迷惑もかけましたが、本当にありがとうございました♡

さて、無事に終わりましたマイダーリン♡シリーズ。

かなり途中でグルグルしたこともあって、脱稿したときにはとても満足感があり、今はとても気持ちがいいです。シリーズ終了は寂《さび》しいですが、話的には最初の予定どおりに書き終えられて、ホッとしているのも正直なところです。ただ、そんなことより今は、「早く今後が書きたーい!!　英二《えいじ》が書きたーい!!」って感じなのですが（笑）。

はい。だからこれで終わりのはずなのに、何言ってるんでしょうね、私は。でも、できちゃったんですもん、第二部のお話が♡　これは『無敵』を書き始めるまで、一つの終わりが見えるまでは全《まった》く頭になかったんですけどね。

けど、急にここまで地固めしたんだから、もっと大きくなっていく英二を書きたいな。菜月《なつき》に支えられながらもnew―age《ニューエイジ》（これは、新しい時代に新しい英二をかけて命名しました）と新生

SOCIAL《ソシアル》を立ち上げていく英二が書きたいな。目指せ社長椅子なんて、まさに私の大好き攻めパターンの話じゃん♡　って気になってきて。しかもそんなところに香住ちゃんが、「私はこの先が読みたい!!　今後の英二のサクセスが知りたい!!　それに原作さえくれれば私も漫画描くからさ、季慈《きいつ》と英二の探偵モノもやろうよ〜♡（現在攻めコンビに萌《も》えな私たち♡）」って力強く言ってくれたので、不定期ではあってても書けるときに同人誌でやっていこうかな、って決めました。（絵描きの後押しは強い・笑）

まぁ、香住ちゃんも最近好調ですし、夏にも死にもの狂いで『誘惑』の新刊出しましたし、冬には『マイダーリン♡』でお届けする予定ですしね♡（この辺のお問い合わせは宛名シールを同封の上、感想などと一緒に編集部経由でお手紙してくださると嬉しいです。今回のお礼は「熱砂《ねっさ》の獣《オトコ》」か「季慈と英二の攻め攻めツーショット」の年賀状orカード&ペーパーを予定。シリーズ完了記念なので二人から贈ります・笑）今の勢いのまま頑張れれば、それなりにできるかな？　とか思いまして。

もちろんやるべき仕事は第一優先！　締め切り調整が今は第一!!　ですけどね、担当さま（笑）。ということで、今回で一応一区切りはつけましたが、今後も英二と菜月を応援してくださると嬉しいです。

って、その前に!!　書き忘れてはいけない!!　私が根性出して頑張れば、来年内にあと一冊は『マイダーリン♡　読みきり番外編』がオヴィスさんから出してもらえるそうです。

なので、「まだまだ英二と菜月に付き合うわよ♡」って思ってくださる方は、同人誌やHP、今後の本のあとがきなんかをチェックしながら待っててくださると嬉しいです。

ずばりテーマは「熱砂の獣」な一冊♡ これまでとはちょっと違うノリのハードアクションもありで（ますます好きな方に暴走する私・笑）、恋のライバルも新たに登場な、熱くて萌え萌えロマンスにしたいと思います。でもその前に、『誘惑』シリーズでお会いできると嬉しいですけどね（笑）。

それではまたお会いできますように。

日向唯稀♡

■初出一覧■

無敵なマイダーリン♡／書き下ろし

日向唯稀先生、香住真由先生にお便りを
〒101−0061東京都千代田区三崎町3−6−5原島本店ビル2F
コミックハウス　第5編集部気付
日向唯稀先生　香住真由先生
編集部へのご意見・ご希望もお待ちしております。

著　者――日向唯稀
発行人――野田正修
発行所――株式会社茜新社
〒101-0061　東京都千代田区三崎町3−6−5
原島本店ビル1F
編集　03(3230)1641　販売　03(3222)1977
FAX　03(3222)1985　振替　00170-1-39368
http://www.ehmt.net/ovis/
DTP――株式会社公栄社
印刷・製本――図書印刷株式会社

憂鬱なマイダーリン♡

日向唯稀　イラスト・香住真由

菜月とケダモノなダーリン英二は、いまや〝一生ものの恋人〟だ。冬休みになり、ホワイトクリスマスを過ごすつもりでロンドンに行った2人は、菜月の祖父母に会いに行く。だがそこでとんでもないことを言いだされて!? マイダーリン♡シリーズまたまた波乱の予感!!

ナイショの家庭内恋愛

せんとうしずく　イラスト・滝りんが

都望は、大学教授の父親に家庭教師をつけると言われ大反発。やってきた家庭教師は父親の大学の学生で愛人と噂される新見さんだった。二人の仲を認めさせようという魂胆だと思いこんだ都望の反発は増すばかり。しかも今度は新見さんと一緒に住むことになって——!?

お兄様のよこしまなキス

飛田もえ　イラスト・木村メタヲ

茜は一歳年上の兄・葵とふたりきりで暮らしてきた。葵は頭も顔もよくて生徒会長までやっている完璧人間だが、家では茜がいなきゃなんにもできない。しかもどんなにいやだと言って抵抗しても、エッチなことをしてくる葵を、なんとかしてやめさせようと思うのだが!?

夏休みの恋はフェイク♥

姫野百合　イラスト・みその徳有子

街で望は同い年くらいの少年・祐一郎に人違いをされ、声をかけられた。しかし、弾丸のようにしゃべる祐一郎にものおじしてしまい、誤解をとくこともできない。挙げ句、お酒を飲まされエッチなことまで！　でも、人なつっこい笑顔の祐一郎をにくみきれなくて…。

葉桜酒はフェロモンのかおり

猫島瞳子

宴会部長を自認する岡田正輝は酒ならなんでも大好き。ある日、日本酒とビールにつられて、大学時代からの後輩岩倉の家へ遊びに行った正輝は、酔ったところを岩倉にキスされてしまった。岩倉とのキスの心地よさに正輝はついうっかりイカされてしまい!?

イラスト・緒田涼歌

そりゃもう、愛でしょう3

相良友絵

衝撃的に男前なのにサドな先輩刑事・日沖と、完璧なエリート鑑識官だけど血フェチな本橋を筆頭に、上司から後輩まで、果ては犯人からも変態さんに大人気の黒川睦月刑事。今回ぶちあたった事件は変質者色濃厚。またもや睦月に押し寄せる変態の恐怖!?

イラスト・如月弘鷹

そりゃもう、愛でしょう4

相良友絵

犯人の要求で、黒川睦月刑事は後輩の白バイ警官・秋葉京に押し倒されている最中。危機に陥った睦月を司法機関最悪の変態コンビ、日沖と本橋が助けに現れる！　それでも事件は終わらない。睦月はある人物の変態オーラを察知するが!?　史上最笑コメディ大円団…か？

イラスト・如月弘鷹

スキャンダラスなきみに夢中

由比まき

売れっ子アイドルグループ『キリー』のメンバー皇士には、あこがれの人がいた。バンド少年に神様と呼ばれるギタリスト、卓。ふたりの出会いは周囲にさまざまな波紋をよんで…。皇士と卓の物語「ステージ・スキャンダル」のほか2編を収録。

イラスト・御国紗帆